二見文庫

誘惑最終便

蒼井凜花

目次

誘惑最終便

【登場CA紹介】

園田菜々美（25）……Fカップ。垂れ気味の瞳とマシュマロのような白肌も手伝って癒し系と言われる。理子と同期

野村理子（25）……Fカップ。セクシーハンターを自負する肉食系で、フライト中もさりげなく男性を物色している。菜々美と同期

瀬戸清乃（20）……Gカップ。お嬢様だが厳格な家庭に育ち、結婚まで純潔を守るように母親から言われていたものの――!?

佐倉美咲（32）……Dカップ。ノーブルな美貌とスリムな肢体を武器に、過去にカレンダーガールを務めた東都航空の看板CA

黒木やよい（35）……Dカップ。学生時代は「ミスコン荒らし」で名を馳せた、クールビューティの人妻CA

＊編集部・註

第一章で「裏班」という単語が出てきますが、国内線CAは、班（グループ制）になっており、乗務パターン（3勤2休3勤1休）によって同じフライトにならない班を「裏班」と呼んでいます。
但し、エアラインによって多少異なります。

第一章　散らされた処女地

1

「菜々美《ななみ》……じゃない？」

東都航空・羽田－旭川を飛ぶキャビン内、園田《そのだ》菜々美は通路を通り過ぎたＣＡに名を呼ばれた。

エキゾチックな美貌がこちらを見ている。同期の野村理子《のむらりこ》だ。

「まあ、理子」

頬を引き攣らせた菜々美だったが、とっさに笑みを返した。

「久しぶりね、裏班《うらはん》だからあまり会わないけれど、今日は旅行かしら？」

優美な出で立ちで訊く彼女の視線は、カジュアルな麻のワンピースを着た菜々美から、隣に座る中年男性へと流れる。

「あら？」と理子の表情が変わると、菜々美は慌てて、

「え……ええ、夏の北海道を満喫しようと思って。今の時期、富良野《ふらの》や美瑛《びえい》の花が見ごろでしょう？　あ……こちらは岸部宗雄《きしべむねお》さん」

隣の男性を紹介する。

理子が挨拶すると、岸部も日焼けした顔に笑みを浮かべた。元ラガーマンの彼は、どこへ行っても腰が低く、愛想がいい。実家の造園業を継ぐ二代目若社長だ。二代目の苦労知らずと思われがちだが、今の世の中、店の経営は楽ではなく、丁寧な接客を心掛けているうちに、自然と人当りが良くなったらしい。

菜々美より二十上の四十五歳だが、今日のようにパーカーにチノパン姿では、三十代にしか見えない若々しさである。

――一見、平穏な空気が漂っているものの、菜々美の胸中はざわめいている。

（よりによって、理子と会っちゃうなんて……ああ、もっと慎重になるんだったわ）

実は菜々美には同い年の恋人・健二《けんじ》がいる。

ＣＡと商社マンの合コンで知り合ったのが一年前、その時の幹事が理子だった。すでに恋人同士なのは周知の事実だが、旅行の相手はまったくの別人。

これには恋多き女・理子も、驚きを通りこして、興味津々に違いない。男関係も派手な彼女だけに、まさか告げ口などしないとは思うが、一応説明しておかないと――。

「り、理子……あとでギャレーに行くわ」

菜々美は消えいりそうな声で告げた。

――ともに二十五歳の菜々美と理子は、入社五年目の中堅CAである。

訓練時代から派手な美貌と抜群のスタイルに加え、ラテンのノリで一目置かれていた理子に対し、菜々美は内気なおっとりタイプ。垂れた瞳と、マシュマロのような白肌も手伝って、癒し系と言われることが多い。

肉感的と言えば聞こえはいいが、スタイルはちょっとふくよかだ。甘いものが好きで、いけないと思いつつ、スイーツに手が伸びてしまうのが、永遠の悩みのタネである。


「お……お邪魔します」

頃合いを見て、菜々美は理子のいる後方ギャレーを訪ねた。

他のCAたちがいなくなったのを見計らい、

「お願い、岸部さんとの旅行の件は、健二に黙ってて」

拝むように手を合わせた。

「岸部さんて、結婚してるんでしょう？　結婚指輪を外してるけど、日焼の跡でわかったわよ」

理子はギャレーのカーテンを閉めて、声をひそめる。

「……ええ」

「いわゆる不倫旅行ってやつね」

彫の深い美貌が蠱惑《こわく》的に微笑む。

「だからお願いよ。内緒にしてほしいの」

「単なる浮気ってこと？」

「……浮気って言うか……ええと」

菜々美は声を詰まらせた。

歯切れの悪い同期を問いつめることに多少の罪悪感を感じたのか、理子は「安心して、誰にも言わないわ」と付け加える。

「それにしても、菜々美もやるじゃない。結婚まで考えてる健二クンに秘密で、愛人と旅行なんて」

物静かで内気な菜々美の大胆な振る舞いを一応は賛美しながら、理子は紙コップに冷たいお茶を注いで差し出した。

　喉を潤し、一息ついたあとで、菜々美は出会いの経緯を話す。

「彼とは、機内で知り合ったの」

「えっ、お客さまってこと？」

「そう。私って普段からトロいでしょう？　訓練時代は『ドジでノロマなカメ』なんてあだ名もつけられてたわ。理子だって聞いたことあるでしょ？　ひと月ほど前のフライトで、たまたまサービス中に大きな揺れがあって、私ったらお客さまの膝の上に尻もちをついちゃったの。その拍子に、手に持ったコーヒーがバシャッ！」

「それが出逢いのきっかけってわけ。まるで二時間ドラマね」

「彼のズボンは汚しちゃうし、パーサーも駆けつけて大変だったのよ。幸い、ヤケドには至らず、ズボンのシミもキレイになったから結果オーライなんだけれど……」

「逆に、もっと大事《おおごと》になった。傑作だわ」

　理子は手を叩いて嬉しそうにはしゃいでいる。

「理子ったら相変わらずいじわるね」

「ごめんなさい。続きを聞かせて」

「——彼ったら、しきりに謝る私が気に入ったのか、降《お》り際《ぎわ》に名刺を出して『君がそこまで詫びるなら、食事に付き合ってよ』って誘ってきたの」

「へえ、案外と積極的なのね。そこで男女の関係になっちゃったってわけね」

「普段なら丁重にお断りするんだけれど、ちょうど健二は海外出張が多くなり始めて、すれ違いが当たり前になってるし……」

言い訳めいた言葉にも、理子はうなずいてくれる。

「確かに岸部さんて、同年代の健二クンにはない大人の魅力を感じるわ。女の扱いも慣れてそうだし、菜々美を上手くリードしてくれそう」

菜々美の心を見透かしたように、理子はしたり顔でうなずいた。

「でも、それだけじゃないの。彼……すごいの、ベッドで」

「えっ、菜々美の口からそんな言葉を聞くなんて思わなかったわ」

「ご……ごめんなさい」

恥ずかしそうに俯いた菜々美に、

「絶倫ってこと？」

「……」

「もったいぶらないで、教えて」

理子はけしかける。

「実は彼——学生時代にラグビーをしていたんだけれど、Sっ気が強いの。見た目通りの体育会系。加えて、サディスティックな一面もあって、それが妙に私と相性がいいのよ」

「そ、そう……菜々美はどちらかと言えばMっ気があるものね。女の私でも時々感じるわ『私を苛めて下さい〜♥』ってね」

理子はわざと大げさに、腰をくねらせた。

「まさにそう。私って昔からちょっとイジってくれる人とか、グイグイ引っ張ってくれる人に弱いのよ。さすがに二十歳も離れていれば、女の扱いは慣れてるわね。安心して身を任せられるもの。本命は健二だけど、今は刺激とスリルをくれる岸部さんとの関係も壊したくないの」

そう一気に心情を吐露した。

ロング丈の麻のワンピースが、みるみる汗ばんでいく。

体が熱い……下腹がじんじんする……。

「彼のセックスってどんな感じ？」

興味津々の理子に、菜々美は尻をもじつかせた。

実は先ほどから、やらねばならないミッションがあるのだ。ちょうどカーテンも閉められていることだし、やるなら今しかない。

菜々美は意を決したように、理子を見据える。

「理子……驚かないでね」

小首を傾げる理子を真正面に、菜々美はワンピースの裾を摘まんだ。

「な、何……？」

ゆっくりとスカートをたくしあげていく姿に、理子は息を呑んでいる。

気にせず、大胆に振る舞った。サンダルを履いたナマ脚が脹脛《ふくらはぎ》、ひざ、太腿とあらわになっていく様を見せつけながら、なおもスカートをめくりあげていく。

「嘘……」

とうとう下腹まで晒した姿に、理子は頬を引き攣らせた。

「菜々美……あなた、ノーパンなの……？」

いきなりスカートをめくった行為にも仰天だろう、さすがの理子も言葉を失っている。

「岸部さんの命令なの……『さっきの美人ＣＡに見せてきなさい』って……本当

は私も恥ずかしいのよ。でも命令だから」

言いながら、足を肩幅に広げ、恥丘をせりあげる。ふっくらとしたビーナスの丘に、理子はさらに目を丸くする。

そう、彼女の目にはツルリとした下腹が見えているはずだ。

「……彼に剃られたのよ……浮気防止だって——ねえ、もっとよく見て。私のアソコ……」

羞恥に顔を歪める菜々美の必死さを汲んでくれたのか、理子は腰を屈めて女陰を覗いた。

「あなた……まさか」

理子が指摘するより早く、菜々美は腰を前にくねらせ、ワレメに挿入された淫具を見せつける。

「そうよ、アソコにローターを入れられてるの……ああ、私……私……」

とぎれとぎれに告げながらも、好きな男の希望を叶えている悦びで、菜々美の体が恍惚に彩られていく。

一方の理子は、いまだ驚きを隠せない。

彼女の目には、肉色に濡れたワレメにねじこまれた淫具の、毒々しい赤い尾部が見えているに違いない。理子の驚愕の表情を見つつ、菜々美の胸奥には、これで岸部さんも満足してくれると、安堵の念がよぎっていく。より性感が研ぎ澄まされたらしい、女陰の潤いが増した気がした。

が、理子の懸念は他にあったようだ。

「も、もしかして……リモコン式のローター？」

理子はおそるおそる訊いてくる。

予想していたその言葉に、

「だ……大丈夫、フライト中はリモコンのスイッチは切るようお願いしてるわ……万が一、操縦に支障があったら大変でしょう？」

菜々美はあらかじめ用意していた言葉を返した。しかし——

ヴィヴィ……ン、ヴィーン……！

いきなりローターが振動し始めたではないか。

「アアンッ……ハアッ……！」

気づいた時には、膝が崩れ落ちていた。

女粘膜を乱打する振動に、菜々美はしゃがみ、腹を抱えた。

「ハッ……アアアンッ！」

全身を硬直させたためか、振動がダイレクトに内臓を圧し叩く。一刻も早く止めてとの思いとは裏腹に、熱く粘ついた滴りが秘裂に湧き出《い》でる。

「な、菜々美……」

頭上から降ってくる理子の声音には、困惑が表れていた。機内での電子機器使用には、厳重な制限がある。会社に迷惑をかけるわけにはいかない。

「理子、ごめんなさいッ！」

菜々美は腹を押さえたまま立ちあがると、そのまま、すぐ後ろにある化粧室へと逃げこんだ。

ヴヴィヴィーン、ヴィヴィ……ンッ！

「アアン……ハァッ……」

鍵をかけると、洗面台に突っ伏した。

体内の淫具が、容赦なく菜々美の膣内を穿《うが》ち続ける。

2

ヴィヴィヴィーン、ヴィーン!!

「ハウッ……クウッ」

機内の化粧室内——。ステンレス製の洗面台に突っ伏した菜々美は、媚肉を乱打するリモコン式ローターに、全身を震わせた。

下腹を押さえながら、豊満な尻を右へ左へと振り立てる。

「ハウウッ……ダメよッ」

粘つく汗が吹きだし、毛髪が逆立った。

（アアンッ……今は……岸部さん、ダメ……ハァッ）

しかし、その願いが届くはずはない。動揺を嘲笑うように、埋めこまれた淫具のバイブレーションはいっそう激しさを増して、菜々美を高ぶらせる。

キャビンでリモコンを操作している岸部の興奮している様子が、ひしひしと伝わってきた。

「アア……岸部さん……どうして……」

しかし鏡を見ると、苦しげに眉根を寄せながらも、目の下が異様に赤く染まり、表情はどこか婀娜《あだ》っぽい。咎める心とは裏腹に、蜜まみれの女襞は、ギュッと淫具を締めつけ、淫靡な収縮をくりかえしている。

「ハァ……何てはしたないの……」

吐息で鏡が曇る。半開きにした唇が、熟れたサクランボのように艶めいた。

ヴィヴィーン、ヴィヴィーン……！

「アアンッ……」

振動のリズムが変わった。規則的な乱打が、ランダムなテンポになり、いっそう激しさを増すではないか。

「アッ……岸部さんの……いじわる」

洗面台に爪を立て、崩れそうになる体を必死で支え続ける。喘ぐたびに曇る鏡には、口端からヨダレを唾らす菜々美の痴態が映し出されていた。

すでにマックスと思えるダイナミックな振動が、膣道を叩き壊す勢いでリズムを刻んでいく。

太腿が痙攣した。子宮からせりあがる峻烈な電流が、脳天を突き抜ける。

ああ、もうすぐ来る。あの大波が——体を真っ二つに引き裂くようなあの瞬間が——。

「イク……ハァ……ッ……イっちゃう！」

そう叫んだ瞬間、体が弓なりにしなった。こわばる総身がガクガクと痙攣し、放り投げられるような浮遊感がこの身を襲う。

「ハァッ……クウウッ……！」

荒々しいエネルギーの炸裂とともに、奥歯を嚙み締めた。息も絶え絶えに、汗と恥液にまみれた体で、菜々美は絶頂の嵐を受け止める。

ヴィーン……ン。

その時だった。まるで法悦の瞬間を見ていたかのように、淫具の振動が停止したのだ。

「う……」

熱い滴りが、ひとすじ、ふたすじと内腿を伝っていく。

とっさにスカートをめくりあげると、女陰に埋まった淫具に指を這わせる。ぬらぬらと粘着質な蜜で指がすべる。煮詰めた飴のように茹だる花びらをこじ開けて、大きく息を吐き、一気に抜き取った。

「ハァッ……」

複雑な思いで熱を籠らせたローターを握り締めると、不意に、今まで聞こえなかったエンジン音が耳に戻ってきた。

コンコンコンッ――!!

ドアを叩く音に、菜々美はハッとなる。

「菜々美、大丈夫？　開けて！」

同期CAの理子だ。施錠の解除を求めている。

「お願いよ。今なら誰にも知られないわ。早く」

「ま、待って……」

菜々美は乱れたスカートの裾を撫でつけ、ポケットにローターをしまった。

額の汗を拭って、充分に呼吸を整えたあと、おそるおそるドアを開けた。


「ははは、見たかったなあ、菜々美のイク瞬間」

国道237号線を走行する車内、岸部は上機嫌でアクセルを踏んだ。

無事、旭川空港に降り立ったふたりは、レンタカーで美瑛と富良野に向かう途中である。

目に沁みるほどの青空と、天地をくっきり分けるなだらかな丘陵、白樺林――北の大地は、夏真っ盛りだ。

「フライト中は、あれほど我慢してって言ったでしょう」

窓外の景色に感動しつつも、菜々美は唇を尖らせる。

「悪い悪い、菜々美があの理子っていうCAに、ローターを咥えこんだパイパンマ×コを見せてると思うと、俺も興奮しちゃってさ。ずっと勃起しっぱなしだったよ」

岸部は、先ほどまで菜々美の膣孔で暴れていたローターを、これ見よがしに見せつける。

「もう……理子がうまくごまかしてくれたからいいようなものの、二度とやっちゃダメよ」

そう注意しつつ、菜々美はいまだノーパンであることに、秘かな興奮を覚えていた。

岸部の命令とはいえ、毛を剃られた淫部を晒し、彼の操作するローターで絶頂に達してしまった。

自分にこれほど大胆な一面があったのかと、今さらながら呆れてしまう。

同時に、穢《けが》されればされるほど、彼の色に染められていく悦びを嚙み締めるもうひとりの自分がいる。

「それより見てみろよ、この雄大な景色。天気もいいし最高だ！」

改めて窓外を見渡すと、菜々美の表情が一気に緩んだ。

「キレイ！」

目前には、まさに花の絨毯《じゅうたん》が広がっていた。ヨーロッパの田園を思わせるこの地は、ラベンダーやサルビア、ポピーなどの花々が今が見頃と咲き乱れ、さながら地上に描いた錦絵のようだ。

旅行シーズンのこの季節、至るところに観光バスや車、ツーリングのバイクが並んでいる。

「来てよかったわ」

うっとりと眺める菜々美にうなずきながら、岸部はチノパンのファスナーに手を掛ける。

素早くおろすと、

「花はまたあとで見ればいい。その前に、これだ」

日焼した手が、開閉口からペニスを取り出した。赤銅色にテラつく男のシンボルは、窓から差し込む日差しで、肉厚の亀頭や、静脈の生々しいうねりまではっきりと見て取れる。

「このまま咥えろよ」

岸部は根元を握り、ぶるんぶるんと肉棒を揺すった。

「だめよ……見られちゃう……それに今は運転中でしょう?」

言ったそばから、観光バスとすれ違った。車高があるバスからは丸見えだろう。

「大丈夫、運転には自信があるよ。それに旅の恥はかき捨てさ。ドラフェラなんて初めてだろ」

「ドラ……フェラ……？」

「ドライブフェラチオさ、ほら早く」

早く咥えろとばかりに、屹立が差し向けられる。

菜々美はため息をつきながらも、白くふくよかな手で、そそり立つ男根を握った。

「あん……カチカチ」

「だろう？　早く咥えてくれよ」

こすりあげると、ジュワ……と滴る粘汁が絡めた指を濡らしていく。

燦々《さんさん》と陽を浴びる屹立は、気のせいかいつもより雄々しく、存在感溢れるものだった。ゆっくりシゴキ立てると、嬉しそうにビクンと反応する。

「じゃあ、少しだけ……運転、気をつけてね」

「任せとけ」

シートベルトを締めたまま、岸部の股間に顔を近づける。

汗じみた匂いを吸いこみつつ、亀頭に唇をかぶせていく。

チュパッ……ジュジュッ……。

「おお……お」

岸部が低く唸った。そのまま一気に頬張って、舌を絡めると、「くう、たまらん」と頭を撫でてくる。

「ンン……」

ゆっくりと首を打ち振った。根元に指を絡め、陰嚢を揉みながら、徐々にスピードをあげていく。

ジュポッ……ジュポポッ……！

「ほおお、最高だ」

密着させた頬粘膜でスポスポと吸引し、さらに愛撫を深めた。

いつしか、菜々美は甘く鼻を鳴らしていた。心地よいサスペンションの振動に加え、風音が岸部の呻《うめ》きと重なって、非日常の淫靡さを運んでくる。

ノーパンの秘裂からは新たな蜜が湧きだして、内腿を伝っていく。

「うう、菜々美のフェラ、いつもより激しいぞ」

「ンン……ンッ」

「おっ、今すれ違ったトラックの奴らが見てた」

そう声を張りあげる彼のペニスは、普段より数倍の硬さがあった。

「あうう……ヤバい……イキそうだ」

岸部はハンドルを切りながら、腰を使い始めた。器用にしゃくりあげられると、こちらも強烈なバキュームフェラで応じなくては、と妙な対抗心を抱いてしまう。

ジュボボッ……ジュブブブッ……！

「……ック……出すぞ、菜々美の口に出すぞ。おおおっ……くうう」

ひときわ膨らんだペニスが、口中で脈動した直後、
ドクン、ドクン——

生温かな粘汁が、口いっぱいに広がった。

「ンン……アンン」

脈動はしばらく続いた。いつもより濃厚なザーメンを最後の一滴まで受け止めると、こぼさぬよう口を離し、コクン、コクンと飲み下す。

「ハァ……」

口端に残る残滓を舌で舐め取ると、岸部は満足そうな笑みを浮かべた。

「すごいわ！　こんな素敵なお部屋を取ってくれてたなんて」

宿泊先の部屋に案内されるや否や、菜々美は洗練されたインテリアに歓声をあげた。

和洋折衷の三十畳ほどの部屋は、低めのベッドが二台と、ローテーブルにソファーが設えてある。

コテージ風の離れのため、テラスからは庭や白樺林に出ることも可能で、内風呂もある。

「菜々美と初めての旅行だ。記念にと思ってね」

こんな時、自分は大切にされているのだと、幸福感でいっぱいになる。ベッドサイドのテーブルに視線を流せば、一抱えほどの真紅のバラがガラスの花器に活けられていた。

「……まあ、なんてゴージャスなバラ」

「知り合いの花屋に頼んでおいたんだ」

「岸部さん、こんなにまでしてくれてありがとう。すごく幸せ」

菜々美は岸部の分厚い胸にもたれかかると、彼は大きな手で抱き締めてくる。

夕刻の今、開け放たれたベランダからは、沈みゆく太陽が見える。茜空が群青色に染められていった。

「その代わり、お願いがあるんだ」

腕に力をこめたまま、岸部が呟く。

「お願い……？」

「今夜は菜々美のアヌスを散らしたいんだ。いいだろう？」

「えっ……」

言っている意味が、よく呑みこめない。

「今夜は、菜々美は俺にアヌスを捧げるんだ。わかったね」

「私の……お尻に……？」

俯いたまま、おそるおそる訊いた。

「ああ、今夜は菜々美のアナルバージンをもらうよ」

岸部は鷹揚に言う。

菜々美は身をこわばらせたまま、二の句が継げずにいた。

過去の恋人で、それとなくアナルセックスをほのめかせた者もいたが、考えただけで恐ろしい。健二にだって触れさせたことがないのに。

3

――夕食後、菜々美は裸になるよう命じられた。

岸部はベッドに横たわる女体を抱き締め、愛撫もそこそこに、獣の姿勢を強制してきたのだ。

「さてと」

ベッドの上に置いた布袋から取り出されたのは、プラスティック製のミニボトルだ。

「この旅行のために、アヌス用ローションを取り寄せたんだ」

そう薄く笑い、円筒形の容器を見せつけてくる。中は透明な液体で満たされている。

「ほら、まだ力みが取れてないぞ。力を抜けと言ってるだろう」

背後から伸びた彼の手が、尻のワレメをすっとなぞる。

「あん……ッ」

「嫌がってても、ここは正直だな。こんなに濡らして、アヌスに入れられることを想像して我慢できなかったんだろ？」

「ち、ちが……」

表情を歪めたまま、菜々美が首を振る。

確かに機内でのロータープレイや、ドライブ中のフェラチオまでは、熱く濡れそぼる女苑を、野太いペニスで貫いてほしかった。しかしどうだ。いざ部屋に着くと、「アヌスを散らしたい」と言われるなど、夢にも思わなかった。

「安心しろ。慣れれば後ろの孔はクセになるほど気持ちよくなるさ」

怯える菜々美をを察してか、岸部はわずかに声音を和らげた。

ローションのキャップが開けられて、肛門にヒヤリとした液体が垂らされた。

「あっ……あ……」

粘着質なそれは、ゆっくりとアヌスをすべり落ち、充血した女陰へと伝っていく。

思わず背を仰け反らせた。ひんやりしたローションが、自分の愛液と溶け合っていくのがわかる。

スパイシーな香りが鼻孔に触れると、鼓動が異様に高鳴り、耳までカッと熱くなった。

ローションを垂らされた箇所が、じくじくと疼いてきたのだ。

これは、何――？

「こ、このローションは……？」

「シナモンとガラナエキス配合なんだ。バッチリ興奮させてやるからな」

「シナモンとガラナ……？」

「そうだ、興奮剤の役目も果たすんだ。アソコがだんだん熱くなってきただろ」

そう言われたとたん、粘膜がじんわりと熱を帯び、ムズムズと火照り始めた。

同じ姿勢でいるのがもどかしいほど、自ら尻を振り立ててしまう。

「おおっ、マン汁が溢れてきたぞ」

嬉々とした岸部の指先が、アヌスに触れた。

「ッ……ああ」

「ちゃんとほぐすから、そのまま四つん這いでいろよ」

そう命じると、指はゆっくり肛門周囲を一周し、アヌスの皺を延ばすように螺旋を描いてくる。

ニチャッ……ヌチャチャチャ……。

「くううっ」

初めて触れられる器官のおぞましさに、菜々美は歯を食いしばる。

四肢が震え、粘つく汗が噴き出した。ローションが馴染むごとに、粘膜が熱くひりつき、女壷が夥しい恥液を滴らせていく。

「ン、ンン……」

怖いはずなのに、なぜか漏れ出る吐息は、甘く鼻にかかっている。

「すごい……アソコがぐしょ濡れだ」

噴き出す愛蜜を、岸部の指がすくい取っては、肛門に塗りたくる。

ニチャッ……ニチャッ……。

「う……ッ」

淫靡な粘着音が室内を満たしていた。そのうえ、彼の指づかいは巧みだった。力加減といい、窄まりをヌルリと突くタイミングといい、何もかもが手慣れている。

「だいぶほぐれてきたな。アヌスが嬉しそうにヒクついてる」

「……い、いやッ」

すでに全身が汗みずくだった。鼓動に合わせ、クリトリスまでが脈打っている。

「はしたない女だ。マンコが泡吹いてるぞ」

「……言わないで」

菜々美は耐え難い羞恥に包まれながらも、沸々と芽生える被虐心と、それに勝る「別な感情」を意識せずにはいられない。

別な感情とは他でもない——嫉妬心である。いったい何人の女たちが、この指に、この性技に翻弄されたのだろう。それを思うと、見えないライバルへの対抗意識が加速していく。

健二という本命がいながらも、今この瞬間だけは誰にも負けたくない想いに駆られてしまう。

そんな複雑な女心など知る由もなく、

「よし、次はこれだ」

布袋から何かを取り出す気配がする。

菜々美が振り向くと、半透明の赤い物体が目に入った。長さ二十センチほどのそれは、球が等間隔で数珠つなぎになっている。先端から徐々に大玉になっていくデザインだ。

「そ、それは……？」

「アナルパールって言うんだ。シリコン製のアナル開発グッズさ」

「アナル……開発……？」

頬を引き攣らせる菜々美をいたぶるように、岸部はわざと目前でゆらゆらと振って見せた。

「いきなりぶっといチ×ポじゃ裂けちゃうだろう？　まずはこれで訓練しないとな。大丈夫、ゆっくり入れてやるから安心しろ」

先端が後孔にあてがわれる。

「ッ……ァア……」

ひやりとした感触が肛門を圧した。

「息を吐いて、力を抜くんだ」

こわばりを緩めると、樹脂が肛門襞をこじ開ける手ごたえがあった。

ヌプッ……ヌププ……。

「ひいッ……！」

粘膜を割り入った刹那、菜々美は四つん這いのまま悲鳴をあげた。

ローションのヌメリで、シリコン玉は吸いこまれるように直腸に沈んだのだ。

「よし、まずは一個目はクリアだ。次の球は少し大きいぞ」

窄まりが閉じると、続いて二つ目が入れられる。

ヌプププッ……。

「あううッ！」

先ほどより強い刺激が肛門襞を直撃してくる。異物の圧迫で、呼吸さえままならない菜々美の肛門粘膜は、さらに鋭い刃物で切り裂かれたかのような激痛に見舞われた。

「おお、二個目も呑みこんじまった。淫乱なケツ穴だ」

「クッ……」

拒絶しようにも声が出せない。直腸粘膜を直撃されて、声帯が壊れてしまったかのようだ。

それをいいことに、またひとつシリコン玉が挿入される。

「ヒッ……ヒイイッ」

「よし、もう一個、いくぞ」

ひとつ、またひとつと、球が体内に入ってくる。

そのたび脊髄に冷たい戦慄が這いあがり、菜々美は獣の体勢で背と腹をもんどりうたせた。踏ん張る手足の指先が冷え切っているのに、アヌスとヴァギナは異様に熱を高め、ただれたように脈動している。

唇が乾き、掠れた吐息が漏れた。

粘膜だけが意志と切り離されたように、潤沢な蜜を溢れさせ、未知なる侵入者を歓迎しているかのようだ。

「初めてにしちゃ、なかなかいい呑みっぷりだ。苦しいか？」

鼻を啜りながら頷くのがやっとだった。

「じゃあ抜いてやるからな」

勢いをつけて、淫具が一気に引き抜かれる。

ジュボッ……ジュポポッ……。

「クウウッ……ンンッ！」

粘膜の引き攣れとともに、背筋にビリビリと電流が走った。デコボコした刺激が浴びせられるが、シリコン玉に絡みつく肛門襞は、岸部の動きに従おうと、収縮と弛緩をくりかえす。

「よーし、いいぞ。次はまた挿入だ」

再びシリコン球が入れられる。

凹凸の衝撃と圧迫に、菜々美はいくども体を反り曲げ、引き攣った悲鳴をあげた。

調教はなおも続き、排泄器官を支配される恐怖と羞恥に身悶えをしてしまう。

しかしその支配こそが、菜々美の官能を掻き立てる極上のスパイスでもあった。同い年の健二にはないサディスティックな言動は、刺激的で心地いい。

ふと見上げた視線の先に、ベッドサイドに飾られた真紅のバラが妖しく艶めいた。

「ま、待って！」

菜々美の口調が、わずかに強まった。

「もう降参か？」

彼は残念そうに手を止める。

「違う……このまま、岸部さんのもので貫いてほしいの」

自分でもよくわからぬまま、その言葉を告げていた。

「何だって？」

「お願い……早くお尻を……私の初めての場所を……」

涙が滲む目で、菜々美は彼を振り返る。

「おいおい、いくら何でもそりゃ無理だ。ちゃんと順を追ってじゃないと怪我させちまう」

「……いいの、岸部さんがつけてくれる傷なら、私、我慢できます」

そうきっぱり言い放つ。

「へえ、気弱な菜々美にしちゃいい心がけだな。調教のし甲斐があるってもんだ」

目を細めた岸部が、淫具をゆっくり引き抜いた。

4

「菜々美、もっと尻をあげろ」

背後から岸部の低い声が響く。

「は……はい」

四つんばいのまま、菜々美がおずおずと尻を突きだした。

「ボリュームあるいいケツだな」

大きな手が双臀をわし摑む。

「うっ……」

「アヌスの皺もキレイだぞ。散らし甲斐があるってもんだ」

尻肉が左右に広げられた。つい、先ほどまでアナルパールを呑みこんでいた排泄の窄まりを、冷気が撫でていく。

(ああ……ついにお尻を……)

願っていたことなのに、いざ貫かれるとなると、体がこわばってしまう。

しかし、催淫効果のあるローションをたっぷり塗られ、淫具でほぐされた後ろの孔は、不安とは裏腹に、結合をねだるように妖しげにヒクついている。

排泄器官を調教されたという事実だけで、背徳と恐怖、同時に言い知れない恍惚をもたらしている。

(ああ……アソコが熱い……ンン)

シナモンとガラナエキスのローションが浸透しきった今、粘膜は灼熱に疼き、ただれるほどに菜々美を追い詰めてくる。

背後に視線を流せば、すでに裸になった岸部のペニスが、菜々美のアナルバージンを貫くがごとく、臍を打たんばかりに反り返っていた。

「いい眺めだ。ビラビラも肛門の襞も真っ赤に膨れてるよ」

窄まりに突き立てた指が、放射状の襞をほじりだした。

「ハァ……アア……」

仰け反った菜々美が尻を振り立てると、深くえぐる指先に粘膜が吸着した。

「ほお、締まりよしだな」

再度ローションが垂らされ、丁寧にまぶされた。

「ゆっくり息を吐いて、力を抜けよ」

尻孔に熱い亀頭があてがわれる。

いよいよ、アヌスが散らされるのだ。

岸部が腰を入れた。括約筋を通り、硬い亀頭が中にもぐってくる。

「ッうう……」

粘膜をめりめりとこじ開ける確かな手ごたえ——野太い肉棒の圧迫に、菜々美は奥歯を食いしばり、四肢を踏ん張った。

「あうッ……ああッ……裂けちゃう！」

「大丈夫だ、じっとしてろ」

ヌププッ……ズブッ——！

「ヒイ……ッ!!」

冷たい痛みが直腸粘膜を突き抜けた。

もっとも太い部分がくぐった苛烈な圧迫のあと、

「おお、亀頭がズッポリ入ったぞ」

背後で嬉々とした声が返ってくる。

尻孔の緊張がわずかに和らいだ。猛る男根が腸管に深々とハマる光景を思い描いた。

ギュッと瞑《つむ》った瞳を見開き、菜々美は大きく息を吐く。

「ア……ああ、ついに……」

彼の望む場所と繋がった悦びが、じわじわと押し寄せてくる。

が、それも束の間、凄絶な痛みと圧迫感が這いあがってくるではないか。

肉の輪が拡張される痛苦は、玩具とは比較できぬほど峻烈で、毛穴という毛穴がいっせいに開ききっている。

呼吸さえもままならない菜々美に、快楽とは程遠いさらなる試練が与えられた。

岸部がゆっくりと動き始めたのだ。

「ヒッ……ァアアア」

背筋が火花を散らすように、ビリビリと唸った。

だが、苦しいはずなのに、その声はどこか恍惚とし、飢えた牝犬の悦声にさえ聞こえてしまう。

「くうう、いいぞ。菜々美のケツ穴の締まりはバツグンだ！」

岸部は初物食いの歓喜に湧き、したたかに腰を打ちこみ始める。

ズンッ、ズンッ、ズズンッ——！

「ヒッ……岸部さん……痛いッ……」

「何だよ、うっとりした声出して。ハメて欲しくてたまらなかったんだろ」

もはや菜々美に自由はなかった。肛門を串刺しにされたまま、穿たれるごとに、愉悦とも戦慄ともつかぬ喘ぎを漏らし続けるのみだ。

「これも入れろ」

ズッポリと刺し貫いたまま、岸部が背後から何か手渡そうとしてきた。

「こ、これは……」

菜々美は蒼白となった。彼の手には、機内でヴァギナに入れたピンクローターがあったのだ。

楕円に艶めく淫具は、室内の照明を受けて鈍い光を放っている。

「む、無理です……」

ただでさえ肛門が塞がれているのだ。これ以上異物を入れると体が壊れてしまう。催淫ローションでじくじくと疼く二つの孔が、悲鳴をあげている。

「さっきローションをたっぷり塗りたくっただろう？　ケツ穴を掘られながらアソコにローターを入れると、死ぬほど気持ちいいぞ。試してみろよ」

そう言うなり覆いかぶさった岸部は、菜々美の肉ビラを掻き分け、ローターをハメこもうとする。

「ヒッ……、ああ、やめて」

狙いを定めると、ヌプリと女膣へぶちこんだ。

「ヒッ……アア……ダメ」

「ダメだと？　上の口はそう言ってるけど、下の口はどうなのかな」

ククククッと笑い声が聞こえた刹那、

ヴィヴィヴィーン――！

埋めこまれた淫具が、激しいバイブレーションを起こした。

岸部がリモコンを操作したのだ。

「ハァッ……岸部さん……アア」

ヴィヴィーン、ヴィーン……！

菜々美は頭を振りながら、絞り出すように悲鳴をあげた。

「おおっ、薄皮一枚通して、マ×コのバイブが響いてくる。ほら、もっとお前も感じてみろ」

岸部はリモコンのレベルをあげてくる。

「クウッ……ハウウッ！」

振動はいっそう激しく膣奥を乱打し、菜々美の体は大きくもんどりうつ。

内臓が軋み、全身がそそけ立った。

だが一転、女膣は浅ましく収縮し、淫具を膣奥へ引きずりこもうと、激しい蠕動をくりかえす。

「ああッ……ダメッ……！」

「おお、締まってきたぞ」

尻肉を掴みながら、岸部は盛大な打ちこみを始めた。

角度と深度を変えては、不意に腰をぐるりとグラインドさせ、肛門壁をいっそう拡張してくる。

ヴィヴィーン、ヴィーン……！

「あううっ、ハアッ！」

「いいぞ、バイブがチ×ポに響いてくる。菜々美のケツもアソコも蕩けてたまんないだろう？」

嬉々として岸部がコントローラーのスイッチを切りかえた。

規則的な連打がアトランダムに変わり、やがてリズムさえも不確かなほど、排泄穴がめちゃくちゃに掻きこすられた。

その振動を味わい尽くすように、容赦ないアヌスの抜き差しが行なわれる。

「ハァ……アアッ、お尻の穴がめくれちゃう」

白い肌が朱を帯び、まだらに染まっていく。

しかし、苦しさの中に不穏な快楽の兆しがあった。

子宮に響く振動とともに、腸管の奥を捏ねられる未知の感触——全身が揺さぶられる衝撃と、背徳に包まれた禁忌の悦楽だ。

「菜々美のアナルバージンは最高だ。バイブ付きとは贅沢だがな」

打ちこみを速めながら、岸部が尻たぼに平手打ちを浴びせる。

「ハウウッ！」

「知ってるか？　ケツもヨガると濡れてくるんだ。菜々美のアヌス、ヌルヌルだぞ」

鼻息を荒らげながら、岸部の片手が揺れる乳房を絞りだした。

餅のように柔らかな乳肌を揉みしだきながら、硬くしこった乳首が押し潰される。

「乳首もビンビンだ。感じやすい体だな」

ズンズンッ……ニュププッ……。

「ヒイッ……ハァッ」

壮絶な三カ所責めだった。女陰とアヌスが塞がれ、乳首が捏ねられる。力の限り尻孔を貫くサディスティックな威力に、菜々美は髪を振り乱して、咆哮《ほうこう》を放った。

ヨガリ啼きと肉ずれの音、バイブの機械音が卑猥に重なり合う。肛門姦の律動を強める岸部に応えるように、菜々美は快楽を貪った。

と、その時だった。

岸部が、ベッドサイドに飾られた紅バラを摑んだのだ。

この旅行のために、知り合いの花屋に頼んだと言っていた豪華なバラだ。

「よーし、最後はこれだな」

棘を気にするまでもなく、片手で摑んだ一束の紅バラを振りあげると、
パシッ――！

背中を鞭打った。

「あううッ！」

菜々美は首に筋を立てて、弓なりに身を仰け反らせる。ひらひらと舞う花びら

が、ベッドに真紅の紋様を描いた。間髪いれず、風切り音とともに再びバラの鞭が背中を打つ。

「キレイだぞ菜々美。俺のチ×ポを呑みこんだうえに、鞭の跡がくっきりついてる。お前は最高の女だよ」

背中に鋭い痛みが浴びせられ、同時に貫かれたアヌスに悦びが走る。

(アア……私……おかしくなりそう)

菜々美は、己の白肌にうっすら滲む美しい紅色の線を思い描いた。

いくども振り落とされるバラは、すっかり花びらを散らせ、ベッドを真紅に覆い尽くす。

さながら、アナルバージンを捧げる菜々美を祝福するかのように。

ヴィヴィーン、ヴィーン――!

「おおう、そろそろイクぞ」

岸部の抜き差しが速まると、猛烈な摩擦が直腸を刺激する。四肢と内腿の震えが、絶頂へとかけあがる女肉の限界を報せてきた。

「ハアッ……私もッ、アアッ……アァァアアッ……」

「イクぞ、このまま菜々美のケツでイクぞ、オオッオオオオッ!」

視界が紅色一色に染まった。
甘美な疼痛が体の隅々まで駆け巡り、全身を焼き焦がしていく。雄叫びをあげた岸部のペニスが、ひときわ激しく爆ぜた瞬間、
ドクン、ドクン、ドクンッ——！
菜々美は最も恥ずかしい場所に、濃厚な雄のエキスを受け入れた。

（んん……）

甘い芳香が、まどろむ菜々美を揺り起こした。

隣では岸部がすうすうと寝息を立てている。彼の逞しい腕に抱かれたまま、菜々美はベッドに散る花びらを一枚手に取り、しげしげと眺めた。

「きれい……」

瑞々しい紅《あか》の花弁は、新たな快楽に目覚めた菜々美に、魅惑の潤いを与えてくれる。

白く明け始めた空の下《もと》、樹林にこだまする鳥の囀《さえず》りが、北の大地の新しい朝を告げてきた。

第二章　夫婦の歪んだ営み

1

「えっ、着陸不可能？」

パーサーを務める人妻CA・やよいの言葉に、理子はギャレーで驚きの声をあげる。対して、訓練教官も務めるやよいは、さすがに動揺を見せずに落ち着いた口調で、

「ええ、今キャプテンから連絡があったの。目的地の大分空港が、大雨でおりられないんですって」

理子が窓に視線を向けると、漆黒の空から打ちつける雨粒は、無数の針となって突き刺さっている。

雨脚は強まっていく一方に思えた。

「急きょ、宮崎空港へダイバートだそうよ」

「ダイバート……」

久しぶりに聞く単語に、理子のこめかみに緊張が走る。

ダイバートとは、目的空港の天候不良などで、他の飛行場に着陸することだ。滅多にあることではない。入社五年目の理子でも、これが四度目だ。

「ご旅行の団体が多いのに、お気の毒ですね」

「ええ、申し訳ないわ」

多少の揺れがあるとはいえ、客たちはまだくつろいだ様子だ。ガイドブックを眺めながら、弾んだ声を出す女性グループ、仲睦ましげに語り合う夫婦、わんぱく盛りの子供を連れたファミリー――誰もが順調に着陸することを疑う様子はない。

「宮崎空港の地上係員が、臨時バスやホテルの手配をしてくれているわ。お客さまには最後まで快適な旅を続けていただくよう、誠心誠意尽くしましょう。私たちCAも、今夜は宮崎泊まりになるから、そのつもりでね」

やよいの言葉に理子も表情を引き締めた。

「私は目的地変更のアナウンスをするから、理子さんはお客さまのケアを頼むわ」

「わかりました」

理子はキャビンへと足を速めた。


「何ですって、着陸できないの？」

「旅行代金はどうなってるんだ？」

機内アナウンスが入ると、案の定、客たちからいっせいに質問とクレームが浴びせられた。

「申し訳ございません、順番にお答えしますので」

ＣＡたちは努めて冷静に応対し、状況説明をしている間も、乗客らの安全には目配りを欠かさない。

ガタッ、ガタガタッ――。

雨雲を通り抜けているせいだろうか、揺れが強まってきた。

泣き出す子供にはキャンディや絵本を配り、苛立つ乗客をなだめ、旅行代理店の添乗員に宿とバスの手配をしている旨を伝える。

しかし――。

「困るわ、大分空港には息子夫婦が迎えに来てるのよ」

「臨時バスって言ったたって、大分に着くのは何時になるんだ？」

その声は徐々に膨らんでいく。

乗客の声がひときわ大きくなった、その時、

「皆さん、ひとまず落ち着きましょう」

鈴の音のような声とともに、最前列に座る女性客が振り返った。

ブルーのワンピースをまとう四十過ぎと思しき彼女は、細面の小顔を栗色のウェーブヘアにふんわり包んだ聡明そうな美女である。

上品な笑みを深めると、

「皆さん、ＣＡさんに当たっては申し訳ないですよ。航空会社はバスと宿の手配に尽力して下さっているとのことですし、こういう時こそ落ち着かれたらいかがでしょう？」

その凛々《りり》しくもたおやかな言動に、一同が黙りこくった。

お仕着せではない意見と柔らかな物言いが、彼女の生まれ持った品の良さと相まって、大いなる説得力をもって乗客の耳に届いたのだろう。文句を言い立てていた者たちも口を閉ざした。

「妻の肩を持つわけじゃありませんが……なるようになれですよ。ここは皆さん、

ハプニングを楽しみましょう」

女性の隣に座る熟年男性も、大らかな笑みを向ける。

白いポロシャツと眼鏡の奥の一重の目が、彼の誠実さを表しているようで、思わぬ安堵感を得た理子の涙腺が緩んだ。

その夫婦の存在が、キャビンに安寧をもたらすきっかけとなった。

「言われてみりゃそうだ。俺らが怒っても、天気がよくなるわけじゃないしなあ」

「長く生きてればこんなこともあるわよね」

「そう言えば、先月『宮崎ブーゲンビリア空港』の愛称が決まったばかりよ」

当初苛立ちを見せていた乗客も、次々に前向きな言葉を口にする。

そのうえ、乗客同士ハプニングを共有する妙な連帯感が生まれた。

三十分後、CAたちの迅速丁寧な対応もあって、飛行機は無事、南国ムード溢れる「宮崎ブーゲンビリア空港」に着陸した。

「あら、先ほどのCAさんじゃありません？」

宮崎市の中心を流れる大淀川《おおよどがわ》の河畔に位置する温泉ホテル。

ロビーのソファーに座る制服姿の理子に、涼やかな声がかけられた。

見れば、キャビンで助け舟を出してくれた夫婦が歩いてくるではないか。

「まあ、こちらの宿だったのですか。先ほどはありがとうございました。何とお礼を申していいか……」

理子は立ちあがって丁重にお辞儀をすると、後ろを歩くホテルの男性従業員が、

「東都航空の野村理子さま。本日は、こちらの神田雪絵《かんだゆきえ》さまと相部屋をお願い致します」

そう告げてくる。

神田雪絵さん……と言うのか。それにしても、窮地を救ってくれた夫人と相部屋とは、何という偶然だろう。

「急なこととはいえ、お部屋の確保をありがとうございます。今夜はよろしくお願い致します」

理子は再び頭をさげる。

天候悪化に加え、夜十時半という時刻もあって、宿はどこも満室。理子たちCAは相部屋を余儀なくされた。

後輩CAたちは五人ひと部屋、パーサーのやよいは親戚宅に泊まる手筈が整い、

理子だけが相客を待っていたところだった。

「嬉しい偶然だわ。どんな方と相部屋になるのか、正直心配していたのよ」

「雪絵、これで安心だな。幸い僕も男同士の隣の部屋ですし、妻をよろしくお願いします」

夫は温和に笑う。おそらく五十過ぎだろう、年相応に脂の乗った体型は、包容力と大らかさに満ち、機内での恩義もあって理子に好印象を与えた。

庭園に面する離れに案内される中、雪絵は親しげに話しかけてきた。

「東都航空のＣＡは美人揃いだけれど、理子さんは格別ねって主人と話していたのよ」

「まあ、もったいないお言葉です」

確かに美貌には自信がある理子だが、雪絵の可憐で凛とした姿には一目置いてしまう。

機内では気づかなかったが、スリムな印象の彼女は、豊満な乳房と丸みを帯びたヒップという、匂い立つような人妻の魅力を発散していた。

後ろ姿に視線を移すと、熟した尻とは一転、ワンピースから伸びた美脚がしなやかな筋肉に引き締まり、ハイヒールを自分の脚の一部のように履きこなしている。

四十二歳の雪絵は、十歳年上の夫・誠一《せいいち》と、都内でエステサロンを経営しているそうだ。

「まあ、エステですか？　どうりでお綺麗なはずです」

歩くたびに揺れるウェーブヘアから覗く白いうなじを見ながら、理子はため息をつく。

「理子さんには敵《かな》わないわ。私たちは仕事柄、女性の美には厳しいのよ」

神田夫妻はいくどもの経営困難を乗り越え、ロンドンに留学している一人娘のために、現在も夫婦で力を合わせて頑張っているそうだ。

豊かな暮らしぶりは、夫妻の身なりと柔和な雰囲気から察せられた。

「こちらが神田雪絵さまと野村さまのお部屋になります」

従業員が扉を開けると、広々とした日本間が広がった。

「まあ、素敵」

雪絵が華やいだ声をあげた。

香《こう》が焚かれた純和風の室内には、黒塗りの座卓を囲んで座椅子が置かれ、開け放たれた障子の向こうに優美な庭園が配されている。

「いい部屋じゃないか」

妻の喜ぶ顔を見て、誠一は満足げだ。

理子も、静寂な庭と一体となった風情ある室内に心弾ませた。

「個室露天風呂もありますので、ごゆっくりおくつろぎ下さい。のちほど床のご用意にまいります。ではご主人の誠一さま、どうぞお隣のお部屋へ」

にこやかに告げた男性従業員は、夫の誠一とともに退室した。

「まあ、ブーゲンビリアがきれいだこと」

雪絵の声で床の間に視線と移すと、小峰焼と思しき花入には、濃紅色のブーゲンビリアが、吾亦紅《われもこう》や矢筈薄《やはずすすき》とともに飾られている。

鮮やかなピンクの色彩は、理子にひとときの癒しと潤いをくれた。

「理子さん、お疲れでしょう。先に着替えてらっしゃい」

「いえ、まずはお茶でもお淹《い》れします」

テーブルに置かれたお茶セットに手を伸ばそうとすると、

「大丈夫よ、用意しておくわ」

そう促され、理子は恐縮しながら荷物を持って脱衣場に向かう。ドアを開けると、黒光りする大理石の壁と洗面台、大きな鏡が目を引く厳《おごそ》かな空間が広がった。

（さすが、どこもかしこも申し分なしね）

理子は鏡の中の自分をしげしげと眺めた。

目元にわずかな疲労が残るが、肌は相変わらず瑞々しい。予想だにしなかったダイバートだが、神田夫妻に助けられた。

ジャケットとブラウスのボタンを外すと、透白の肌に鮮やかなルビーレッドが映える。

（ああ、この色……）

下着姿になりながら、今日のランジェリーが偶然、ブーゲンビリアと同じ色であったことに気づく。

光沢を帯びたサテン地に、黒レースの縁取りがある小悪魔的なデザインだ。

ハーフカップから覗くFカップ乳、細くくびれたウエスト。サイドをリボンで結んだTバックのハイレグ部分が、ふっくらした恥丘に食いこんでいる。

（あ……）

目を凝らすと、基底部に恥ずかしいシミが滲んでいるではないか。

（ああ、私ったら……いつの間に）

不意に、菜々美の女襞にハメこまれた赤い淫具が思い出された。

恥ずかしそうにめくりあげたスカートの奥には、剃り落とされた性毛のかすかな痕跡と、秘かに息づく女の肉唇がピンクローターを咥えこんでいた。

あの内気でおとなしい菜々美が——不倫相手の命令で、私の前でノーパンのアソコを晒すなんて——。

「ンン……」

いつしか理子の手は、重たげに実る乳房を包んでいた。

やわやわと揉みしだきながら、視線は鏡の中の自分から逸らすことができない。

「あん、ダメ……」

もう一方の手が、パンティ脇から恥部に這い進んでいく。中指がワレメに届くと、はしたない水音が聞こえた。指は花びらを掻き分け、粘膜をまさぐった。

ああ、指が勝手に蠢いていく——。

クチュッ……クチュッ……。

「ァ……」

唐突に、雪絵の白いうなじが脳裏に現れる。楚々とした人妻の色香は、もはや罪と言っていいほどに、訳もなく理子の劣情を掻き立ててきた。

(雪絵さん……どんなふうに旦那さんに抱かれているのかしら……?)

指が粘膜を貫いた刹那、

コンコン――

ドアがノックされた。

「ハッ、はい」

理子は慌てて指を引っこめる。

「お着替え中ごめんなさい。お夜食の冷や汁が届いたわ。一緒にいただきましょう」

雪絵のわずかに甘さを含んだ声が聞こえてきた。

2

(んん……)

ほのかな光に包まれた和室内。

ふと目覚めた理子は、嗅ぎ慣れない甘苦い香りに鼻を鳴らした。

それが室内に焚かれた香だとわかるまで、数秒を要した。

(そうだ、今夜は宮崎泊まりになったんだわ――)

夜食後はさっとシャワーを浴びて、早々に床に就いたのだ。

用意された浴衣も心地よく、すぐに深い眠りについたらしい。

──窓側に視線を送ると、雪見障子を背景に、人型に膨らんだ布団、庭園から射す灯籠《とうろう》が、格子天井に光の帯を広げているのが見える。

雪絵もぐっすり眠っているようだ。

(今、何時かしら？)

枕元の携帯電話に手を伸ばした直後、

「ハァ……」

隣から湿った吐息が聞こえてきた。

甘さを含んだその声に、理子はとっさに身を硬くした。ここで声を出してはいけないと本能が警鐘を鳴らす。

(雪絵さん……起きてるの？)

浴衣の下の胸がトクンと鳴った。膨らんだ布団がかすかに動いている。

「ン……ダメよ……あなた」

小声だが、聞き間違いではない。はっきりと耳に触れた雪絵の声である。

(まさか誠一さんが……？)

夫の誠一が来て、雪絵に求めているというのか？

衣ずれの音はさらに音量を増し、布団が不自然に盛りあがる。

「……っああ……理子さんがいるのよ……」

間違いなかった。誠一が来ている。しかも、淫交に耽ろうとしている。甘い喘ぎを漏らしながら、雪絵はいくども拒絶の言葉を口にする。

理子は呼吸も瞬きも忘れて、布団に見入っていた。

しかし、

「雪絵……濡れてるじゃないか」

ぼそりと告げた誠一の声は、粘着質な音と重なった。

「ハァ……あなた……許して……」

許しを請うその囁きに、理子は肩をこわばらせる。が、動揺とは裏腹に、パンティに熱いぬめりが落ちてきた。

(あん……いや)

内腿をよじり合わせるよりも早く、浴衣を割り入った手は、すぐさまクロッチ部分に到達した。下着に染みた粘蜜が指先を濡らす。

(……ああ、どうして)

体が火照りを増していく。困惑に唇を噛み締める隣で、雪絵の布団が跳ねあがった。

「……あなたッ……ダメッ」

薄闇に白い肌が艶めいた。こちらに寝返りを打った雪絵の白くなめらかな首と肩、華奢な鎖骨があらわになった。背後から誠一に抱きすくめられた雪絵は、浴衣ごしに乳房を揉まれている。

目と目が合った。

「ハァ……理子さん」

名前を呼び、潤んだ双眸《そうぼう》が理子を見据えた。

悲しげに眉根を寄せてはいるが、悦びを誇示するように体をくねらせ、愛撫のさまを見せつけてくる。

雪絵を後ろ抱きする誠一の手が、たわわに膨らむ胸元に忍びこんだ。

「アン……そこ……ッくうう」

歓喜を強めた声音から、豊乳はより激しく揉まれ、敏感な乳首がきゅっと摘まれたのが察せられる。と、突然、誠一の手が襟の合わせを左右に広げた。

「アアッ……ハァ……」

ぶるんと二つの白い乳房がこぼれ出る。

鞠のように揺れる透白の乳房と薄桃色の乳首は、ほの暗い灯りにもかかわらず、鮮烈に理子の目に飛びこんできた。膨らみを揉み捏ねる誠一の手指が、乳輪をなぞり、乳頭をくじり、ひねり潰す。そのたび、雪絵は切なげに眉間にしわを刻んでは、ぷっくりとした乳首をさらに赤く尖り勃たせていく。

汗ばむ肌は、甘い体臭を漂わせていた。

卑猥な指づかいに敏感に反応する雪絵の痴態が、理子を淫靡な世界へいざなっていく。

「ア……気持ちいい……」

濡れた瞳が、動けずにいる理子を捉え、妖艶に輝き始める。

「理子さん……このまま見てて……」

雪絵はかぼそい声でそう告げた。

決して野卑ではない、我慢しようとも成すすべがない哀切さが、そこにあった。

「驚かせて申し訳ない。信じられないだろうが、これが僕たち夫婦の営みなんだ」

妻の熟れた体を弄ぶかに見えた誠一の声が神妙に響く。

「ご夫婦の……営み？」

「そうだ、あとは雪絵——お前の口から説明してあげなさい」

誠一は乳房を捏ねる手を休めることなく、雪絵のうなじに唇を押しつける。

「ハァ……理子さん、私は他人《ひと》に見られないと燃えない体質で……それを叶えてくれたのが、主人なんです」

雪絵は声を震わせた。

「セックスを……見られないと……ですか？」

「ええ……他人の視線がないと、私はまるで感情のない人形のよう……理子さんには申し訳ないと思っているけれど……こうして主人の手が体中を這い回ると、もう濡れて……アア……私、恥ずかしいほどに濡れて……たまらなく感じるの……」

艶やかな唇がいじらしく告げる。

「聞いてくれ、理子さん。僕は妻を愛している。君には理解しがたいだろうが、こんな夫婦の愛の形もあるんだ。どうか今夜は僕たちの営みを見ていてくれないだろうか」

誠一の眼鏡の奥の瞳が真剣さを強めた。言葉を失う理子に向かい、なおも続ける。

「実は……僕たちは東京の会員制夫婦交換組織《サークル》の会員なんだ」

「夫婦……交換？」

「ああ、会員は厳重な審査を通った信頼できるメンバーばかりだ。皆、僕たちのように多少の負い目があろうとも、欲望には忠実でいようとする大人たちさ。君の周囲にもいるだろう？　僕たちのような人間が」

その問いに、愛人の厳しい命令に従っていた菜々美の姿が思い出される。

しばしの沈黙のあと、誠一は雪絵の腰に巻きつく帯をさっと解いた。

「ああ……っ」

瞬く間に、雪絵は全裸にむかれる。白磁のごとく艶めく裸身は、ぞっとするほどの神々しさだ。豊乳が弾み、充実したヒップのまろみが悩ましい。ハリのある太腿は、美容液を塗ったかのように輝いている。

そして、淡い光に照らされた性毛は、情の深さを感じさせるほど、濃い。

「そう……私、いつも主人の前で、他の男の人に抱かれてるの……逆に主人との行為も見てもらうのよ」

雪絵が恍惚の表情で言う。

「たまらないの……私が他の男に抱かれている時の主人の視線が……興奮と嫉妬が入り乱れる目が私を『女』にしてくれるの……。そして最後に、さっき私を抱いた男たちの目の前で、主人に抱かれる……その瞬間が最高に幸せ」

理解しがたいことだった。口ごもる理子に、誠一が諭すように呟いた。

「僕の場合、他人の奥さんを抱きたいというよりも、自分の愛する妻の身悶える姿を見たい、見せたいという願望が強いんだ。夫婦交際は、愛情と信頼がなければ成り立たない。実際、サークルに入会してから夫婦の絆が深まったことは確かだ。そればかりか、夫婦交換が終わって家に帰ったら、異常な興奮に包まれて、新婚時代のように朝まで何度も交わったこともある」

ふたりに見つめられ、理子はもう身動きが取れない。

「見ててくれるわよね……？」

雪絵の手は、もう夫の股間をまさぐっていた。

「ああ、硬い……」

興奮に染まる肢体を移動させ、雪絵は夫の股間に顔をうずめる。

もはや止めることはできない。仰向けになった誠一のトランクスに手を掛け、一気におろす。

雪見障子に、反り返るペニスの影が映った。

「ハァ……あなた」

陶酔しきった艶貌《かお》のまま、白魚のような手が赤銅色のペニスを握った。

ゆっくりしごきあげると、美しい横顔を先端に近づける。

驚愕する理子をよそに、濡れた唇をOの字に開くと、ひとおもいにペニスを頬張った。

「おう……おおおっ」

ジュジュッ……ジュポポッ……。

「クフン……フゥ……」

甘く鼻を鳴らし、唇をめくらせながら、猛る男根をしゃぶり立てる。

落ちかかるウェーブヘアを搔きあげながら、静脈のうねる肉茎に舌を絡ませ、吸いあげ、喉奥まで頬張っていく。

(雪絵さん……)

理子は目をみはる。

目の前の光景は紛れもない事実だ。夫にフェラチオを施す美貌の人妻は、今宵、キャビンの窮地を救ってくれた聡明かつ魅力溢れる女性。大いなる感謝と憧れを抱いていたのに――。

雪絵は無我夢中で夫のモノを咥えこみ、時に乳房をこすりつけて、濃厚な愛撫を続けた。

信じられない思いの理子だが、次第に体の疼きを実感する余裕が出てきた。

甘美な痺れが乳首や女陰を襲う。太腿をよじり、尻をもじつかせた。

いつしか、布団で隠れた理子の手は恥部にもぐりこみ、クリトリスをこすっていた。

パンティは恥ずかしいほど蜜液を吸収し、すっかりぐしょ濡れだ。

時を経ずして、雪絵が誠一の体にまたがった。

「理子さん……しっかり見てて……私たちが繫がる瞬間を」

目を細めた雪絵は立ち膝になり、握ったペニスを数回、ワレメにこすりける。

「ああ、理子さんが見てる前で……私……」

「たっぷり濡れてるよ。雪絵、さあ、早く入れなさい」

切なげに顔を歪めたまま、雪絵は摑んだ肉棒の先端を秘部にあてがう。

尻が一気に落とされた。

ズブッ、ズブッ……ズブブブッ……！

「アアアアン……ッ！」

「おおうっ」

仰け反った体とともに、重量感ある乳房が上下に弾む。

「ンン……入ってる……あなたのモノが……私の中にいっぱい」

下腹を押さえる表情は歪んでいるものの、満足げだ。誠一の腹に手を添えて、雪絵は腰を振り始める。

徐々に速度が激しくなっていく。

「ああ、あなた……理子さんに見られて……私……幸せ……ハァアアッ！」

雪絵がひときわ艶めかしく腰をグラインドさせると、誠一の眼鏡の奥の瞳が獣めいた。

3

「さっきから布団の中で何をもじつかせている？　理子さんも感じてるんだろう？」

誠一が、雪絵を串刺しにしたまま、理子に問う。

獣欲を帯びた眼光に、かつての温和さはない。

「い、いえ……感じてるだなんて」

「素直になりなさい。布団の中の手は、一体どこを弄《いじ》ってるんだ？」

「あ……」

掛け布団の下、クリトリスを捏ねていた理子の指が止まる。

「気づいてないとでも思ったかな？」

恥じ入る理子を煽るかのように、恍惚に浸る雪絵が大きく腰を振り立てた。

「ハァ……アアンッ」

律動のたび汗が飛び散り、乳房が揺れ弾む。乱れるウェーブヘアが細い首にまとわりついた。

「ハァ……理子さん、こっちに来ないか。雪絵もそれを望んでいる」

鋭い眼光とは裏腹に、いざなう誠一の口調はどこまでも紳士的だ。

が、理子は首を振る。

「い……いやです」

その瞬間、それまで貪婪に腰を振っていた雪絵が動きを止めた。

栗色の髪をひとたば頬に張りつかせ、妖艶な瞳を理子に差し向ける。

理子は動けない。まるで雪絵が放つ淫魔に取り憑かれたかのように、総身が慄《おのの》き、こわばっていく。

ヌプッ……。

直後、雪絵は弾みをつけて結合を解いた。優雅な仕草で誠一の体からおりると、理子に近づいてくる。

興奮でまだらに色づく肌と、茱萸《ぐみ》の実のごとく赤く尖る乳首、逆立つ性毛のうねりが、雪絵をいっそう淫らに染めあげている。

昂揚した表情で理子の前にひざまずくと、雪絵の白魚のような手が、怯える肩を引き寄せた。

「ァ……雪絵さん……」

唇が重なった。

「ンンッ……」

両手で押し返そうとするが、意外にも雪絵の力は強い。強引に柔く濡れた唇を押しつけてくる。

熱い吐息と甘やかな唾液、蠢く舌先が歯列を割り入った。

「雪絵さん……やめて……」

やっとのことで唇を離すと、雪絵が悠然と微笑んだ。

強引さにそぐわぬ聖母のような微笑は、同性との行為など経験したことのない理子を困惑させた。

「可愛いわ……理子ちゃん……」

雪絵が覆いかぶさった。

「怖がらないで……いいこと、しましょう」

押し倒した理子の首筋に吸いつきながら、雪絵の手は素早く浴衣の胸元に入りこむ。乳首がキュッと爪で弾かれた。

「くッ……」

「ああ……なんてすべらかな肌……私は主人を愛しているけれど、あなたみたいに美しい女の子も大好きよ。ほうら乳首が勃ってきた……」

仰け反る理子の浴衣の胸元が左右に広げられると、ぷるんとFカップ乳がまろび出た。

雪絵のたわわな乳肌にも負けぬ、丸々とハリを持った美乳。それを見るなり、雪絵は熱い吐息を吹きかける。

「ンン……綺麗なオッパイ……」

膨らみに頰を寄せ、ツンと尖る先端を口に含んだ。

「ハァ……アア」

その瞬間、得も言われぬ快美な痺れが背筋を這いあがってきた。

信じられない思いに駆られながらも、唾液にぬめる乳頭が、むくむくと勃っていく。

横で誠一が見ているにもかかわらず、見えない鎖に絡め取られたように、理子は身を委ねてしまう。

「気持ちいいのね……もっとヨガっていいのよ」

雪絵は左右の乳首を交互に吸い転がし、自身の豊乳を、理子の乳丘に押しつけた。

汗ばむ乳房と真っ赤に尖る乳首が圧《お》され、ひしゃげ、形を変えていく。

「ハァ……見て……理子ちゃんと私のオッパイが仲良く遊んでるわ」

まるで赤い目をした四羽の子ウサギが戯れるかのようだ。

柔らかに吸いつく肌、甘やかな汗の匂い、目を細める雪絵の美貌——それらが混然一体となって、理子を禁断の世界へといざなってくる。

「ここも気持ちよくさせてあげるわね」

理子の下腹に手を伸ばした雪絵が、パンティごしのヴァギナに触れた。

「すごく濡れてるわ。理子ちゃんのプッシー」

サイドのリボンが解かれ、濡れた薄布がハラリと落ちる。

「ヘアは薄いのね。ピンクの花びらがこんなに充血して……ねえ、あなたも見てあげて」

雪絵は、誠一のほうに向けて理子の脚をぐいと広げた。

「おお、いかにもCAに似つかわしい……清楚でいやらしい花だ」

「み……見ないで……」

閉じようとするも、摑んだ雪絵の手がそれを許さない。

「大丈夫よ、力を抜いて」

雪絵はためらうことなく太腿をM字に広げ、理子の脚の間に陣取った。

ワレメに顔を潜りこませると、クンクン鼻を鳴らし、

「ンン……たっぷり濡れてるわよ。何てエッチな匂い……」

すかさず、スリットを舐めあげた。

「あうう……っ」

「すごいわ、感度も抜群ね」

うっとり囁きながら、さらに長く伸ばした舌で媚肉をこじ開けてくる。

「く……くッ」

「女の人に責められるの……初めてなのかしら。初々しくて可愛いわ」

ネロリ……ピチャッ……。

「アウッ……」

雪絵は尖らせた舌先で媚肉を突き、花びらを甘噛みする。男性とは違う繊細な舌の動きが下腹を蕩けさせた。

潤み切った粘膜を掻きこすられるたび、高まる快楽の波が理子をどんどん戻れない場所へと押し流していく。

「どうやら、理子さんにとっては初めてのレズらしいな」

誠一の言葉に顔をあげた雪絵は、

「そうみたいね。最初の相手になれて、とっても光栄よ」

やおら身を起こすと、真上から理子の顔をしげしげと覗きこんだ。

引き攣る理子の頬をひと撫ですると、

「さあ、私の唾液をあげる……お口を開いて」

赤く蠢く唇のあわいから、絹のような唾液の糸がツツー……と垂らされた。

「ハァ……ァ」

理子は反射的に口を開けていた。

ピチャ……。

舌の中央に唾液が落下すると、ほのかな甘味が口いっぱいに広がっていく。抵抗する気も失せて、コクンと嚥下する。

銀に輝く唾液が、再び垂れ落ちてくる。

「もう一度よ……」

「ァ……ハァ」

こんなこと……こんなことって……。

全身に鳥肌が立ったかのように、体は淡い痺れに包まれていた。雪絵は再び唇を重ねてくる。

理子はもう、されるがままだ。

雪絵に抱き締められたまま、永遠とも思われるキスが中断されたのは、女陰に新たな刺激が加わった時だった。

ピチャッ……ジュチュッ――。

「ああ、気持ちいい……ねえ、あなた……理子さんと私を存分に可愛がって下さいね」

我に返ると、足元に回った誠一が、重なり合う理子と雪絵の秘部を舐めている。

「あッ……神田さん……！」

理子は起きあがろうとするが、雪絵に押さえつけられた。

ジュチュッ……ジュププッ……。

ふたりの淫汁をすすっていた誠一が、股間から顔をあげると、

「ふう……理子さんのアソコの汁は、朝摘みのバラみたいな瑞々しさだな。雪絵は熟れた果実のように濃厚な甘酸っぱさで、クセになる。どちらも男を惑わせる極上の味だ」

そう告げると、再び女の花にむしゃぶりつく。

「ハァ……蕩けそう」

雪絵が甲高い声で喘ぐ。

「おお、雪絵の汁が、理子さんのアソコに垂れてきたぞ」

「ン……私ったらすごく濡れてるのね」

「呆れるほどな。ほうら、もっと溢れてきた」

クチュッ……ジュジュッ……。

舐められるたび、理子と雪絵のくぐもった声が淫靡な和音を奏でる。

誠一の愛撫は、性を謳歌する伸びやかさと女性への慈愛に富んでいた。

「ああ……あなた、そろそろ欲しいの」

雪絵が切羽詰まった様子で訴えた。

「もう我慢できないのか」

「……ええ」

「いつもなら限界まで焦らされて、やっと欲しがるお前が、今夜に限って珍しい」

誠一の言葉に、切なげに吐息をついた雪絵は、

「わかるでしょう？　理子ちゃんと一緒だからよ……お願い」

くねる尻が、男に貫かれたいと必死にねだっている。理子も同じであった。肉ヒダがふやけるほど存分に愛された女の祠《ほこら》は、ヒクヒクと蠢き、熱いペニスを欲してやまない——。

「わかった。雪絵も理子さんの隣に仰向けになりなさい」

「はい……」

雪絵は緩慢に身を起こし、汗粒の光る体を横たえた。

ふたりの足元に、裸になった誠一が身構えた。

薄明りの下、淡い照明を受けたペニスがギラリと光る。彼の視線は理子と雪絵の表情から胸元、濡れた繊毛の下で息づく秘めやかな裂け目へとおりてくる。

「いい眺めだよ。さて、どちらから先に入れようか」

舌なめずりしながら、誠一が訊く。

「ンンッ……」

我慢ならないのか、隣で雪絵が身を震わせた。

「何だ、雪絵、辛抱ならんか？」

「い、いいえ……私はさっきあなたに抱いてもらいました。どうか、理子ちゃんを……私の前で理子ちゃんとなさって」

そう健気に告げる。

しかし、その嫉妬や羨望が、のちに交わる夫婦の営みをより興奮させるに違いない。

そんな心の内を見透かしたように、誠一は理子の側に回り、摑んだ両脚を広げた。

太腿の間に陣取ると、

「理子さん、いくよ」

低い声が理子の鼓膜を穿つ。

瞼を閉じると、膝裏がグッと引き寄せられた。

4

隆々と反り返る雄々しいペニスが、そぼ濡れる膣口にあてがわれた。

傍らでは彼の妻・雪絵が、その様子を食い入るように見つめている。

あまりにも倒錯的な光景――しかし、夢ではない。

（ああ、ついに――）

仰向けになった理子の膝裏を引き寄せ、ぐっと腰が入った刹那、
ズブッ……ズブズブッ……！

「ハアッ……アアアッ」

「むむっ」

膨らんだ花びらを巻きこみながら、熱い肉棒が媚肉を貫いた。

理子のしなやかな体が弓なりに仰け反る。下腹を割り裂く衝撃は、脊髄から一気に脳天まで突き抜けた。

「アッ……アア……」

あまりにも甘美な圧迫に、理子は摑んだ誠一の腕に爪を立てる。恥肉をえぐるペニスの猛威に応じるかのように、膣壁がいっせいにわなないた。

「おおう……おうう」

挙句、きつく食い締めた男根を、ざわめくヒダが奥へと引きずりこんでいく。

体内のペニスが、もうひと回り膨らんだ気がした。

「ハァ……素敵よ……理子ちゃん……」

隣で身を乗り出す妻の雪絵が、うっとりと告げる。

その瞳には、愛する夫が他の女と交わる嫉妬と興奮が入り混じっている。理子には理解しがたいが、夫婦交換を楽しんでいる神田夫妻は、こうして互いの愛を深めていったのだろう。

現に雪絵の顔は幸福に満ち溢れていた。

「ねえ、あなた、理子ちゃんの抱き心地はいかが?」

雪絵の目が輝く。

「最高だよ。ねっとり包みこむ雪絵の締めつけと甲乙つけがたいほど、理子ちゃんのヴァギナも貪欲に僕のモノを食い締めている」

「ふふ……開発し甲斐があるわね」

夫婦は微笑み合うと、再び理子を見た。ふたりの視線を受け、理子の恥じらいは頂点に達したが、同時に興奮も高まってくる。

やがて、誠一が腰を使い始めた。

「ハァッ……ンンンッ」

ゆっくりと引き抜いては、ズブリと叩きこむ。スローに腰を引く際の逆撫でがたまらない。

全身がそそけ立ち、巡る血潮は沸騰するかに思えた。肉が潰れるほど激しく穿たれる衝撃に、理子の口から否応なく咆哮が発せられる。

「理子ちゃん、もっと乱れていいのよ……もっと恥ずかしい姿を見せて」

雪絵の手が頬を撫でる。シルクのごとくしっとりと撫でる手指は、首筋を伝い、鎖骨をすべり、乳房を包みこんだ。

「アン……雪絵さん……」

「可愛いわ……乳輪も乳首もぷっくりさせて……感じやすい体」

乳首が摘ままれた。

「……あっ」

「コリコリね……ふふ」

誠一に貫かれる理子の乳肌を、雪絵のたおやかな手が揉みしだく。やがて、脇腹をすべり落ちた指先は、ふたりの結合部を撫で始めたのだ。

「ああ、すごいグショグショ……」

白魚のような手指が、誠一のペニスに絡み、理子の花びらをなぞる。

「ハァ……雪絵さ……」

「すごくいやらしい匂いよ。理子ちゃんがこんなに濡れるなんて……」

唇を寄せた雪絵は、股間に顔をうずめた。

「あぁっ……」

理子が驚く間もなく、恥液に光る理子のラビアが舐めあげられた。

生温かな舌は、陰毛を掻き分けながら、ラビアから誠一の肉茎をも這い回る。

唾液がまぶされると、誠一はさらなる力をこめて、情熱的に抜き差しを浴びせてきた。

ズチュッ……パパンッ……ピチャッ……。

信じられない――。夫と繋がる女の接合部を舐めまくるなんて――。

しかし、意志に反して総身が悦びにざわめている。

「美味しいわ……さっきよりも味が濃くなったみたい」

妖艶な笑みを浮かべながら、雪絵は噴き出す愛蜜をすすり、嚥下した。

どれくらい経っただろう、誠一が腰の動きを止めた。

「雪絵、そろそろ入れてやろう。尻を向けなさい」

「……はい、あなた」

濡れた唇を指で拭った雪絵は、高貴な猫を思わせる仕草で四つん這いになる。なだらかな背中から充実した尻への曲線は、あまりにも煽情的だ。透白の肌は薄桃色に染まり、乳肌が重たげに揺れている。

「理子ちゃん、あなたもお隣にいらっしゃい。一緒に可愛がってもらいましょう」

その声に、理子は身を起こし、雪絵の隣で獣の姿勢を取る。

背後に誠一が身構えた。

あれほど激しくまぐわいながらも、射精はおろか、ペニスはいまだ臍を打たんばかりに反り返っている。誠一の性豪ぶりが窺えた。

「美女ふたりの尻が並ぶとは壮観だな。雪絵の尻はまさに食べごろの桃だ。くびれから美味そうに熟れた尻が蜜を垂らしている。理子さんは新鮮な果肉がぴっちり詰まってて、濡れ具合もなかなかだぞ」

誠一は慣れた感じで賞賛の言葉を口にした。

「雪絵からいくぞ」

「ええ……早く欲しい……」

恍惚の表情のまま、雪絵が尻を突きあげる。

「そうら、存分に味わいなさい」

狙いを定めた誠一が腰を入れるなり、剛棒がヌルヌルッと雪絵の膣内《なか》に呑みこまれた。

「ハァアアッ……あなた……ッ！」

雪絵は白い喉元を反らせながら、歓喜に叫ぶ。

ズズッ、ズンッ……ズブズブッ……！

「ヒッ……ハァアアアッ」

すぐさま律動が開始される。

乳房を揺らし、髪を振り乱しながら、自らも尻を振り立てる雪絵は、肉体はおろか、髪の毛一本一本まで欲情しきっているかに見えた。

理子への嫉妬心が、夫婦のセックスを盛りあげる絶好の起爆剤になったのは言うまでもない。

「おお……キツイ……いつもより倍の締めつけだぞ。スワッピングパーティでも、こんなことはなかったのに」

「ンン……嬉しい……あなたに喜んでもらえて……やっぱり理子ちゃんのお蔭ね」

雪絵はなおも尻を振り立てる。

「むうっ」

さらに興奮をあらわにした誠一は、渾身の乱打を見舞い始めた。

肉の弾ける音に粘着音が重なった。噴き出す汗と淫汁で、失禁したかのような大きなシミがシーツに描かれた。

「ァ……イ、イキそう……」

雪絵が体を跳ねあがらせる。

「ダメだ、もう少し我慢しなさい」

そう言うなり、誠一はペニスを引き抜き、横で構える理子の秘口に剛棒をぶちこんだ。

「ヒッ……ハァアアッ!」

理子の膣道がまっすぐに貫かれる。

その内臓を押しあげんばかりの凄まじさたるや、雷に打たれたかのような衝撃だ。

じっとりと見入る雪絵の視線を受けながら、誠一は猛烈な連打で粘膜を穿ちまくる。

バチッ、パンッ……パパパンン……ッ！

「ああっ、ああっ、すごい……」

まさに全身が木端微塵《こっぱみじん》になるほどの打ちこみだった。まるで何かに取り憑かれたように、角度と深度を変えながら、怒濤の乱打を浴びせる誠一に貫かれるたび、理子の体は人形のように反り返った。

「あなた、お願い。私にも……」

すがるような雪絵の声に、誠一はまたもや理子の膣からペニスを引き抜き、ズブリと雪絵に挿入する。

「ウグイスの谷渡りだな」

誠一が満足げに言う。理子は男根が抜かれたあとも、しばし肉棒の余韻に浸っていた。女の孔の奥深くまで侵入した肉塊、そして雪絵との淫戯は、かつてないほど理子に性の悦びを与えてきた。

理子と雪絵はピタリと尻を並べ、誠一の男根を待ち侘びる。

「は、早く欲しいの……」

「もっと……もっと下さいッ」

美女の貪婪な声が響き渡り、誠一はその都度、媚肉をえぐっては女たちを骨抜きにした。

やがて、ふたりの息づかいは、さし迫ったものとなる。

「アアッ……もうイキそう……あなた、イキますッ」

パンッ……パパパパンッ——！

「クッ、ウウウウッ……ああ、っくううう」

ひときわ甲高く絶叫したのち、雪絵はアクメを迎えた。

布団に突っ伏し、陶酔しきった表情のまま微動だにしない。

雪絵を見届けた誠一は、当然のように理子の背後に身構え、男根をねじこんできた。

とどめを刺すように、両手で尻丘を引き寄せ、ズンッ、ズンッと高速でGスポットを突き回してくる。

みるみる呼吸が高まり、一打ちごとに汗が飛び散った。燃え盛る快楽の焔が体の隅々まで行き渡り、理子は必死に獣の姿勢で、肉の鉄槌を受け止めた。

「ハァ……私も……もう限界……ァンン！」

「おっ、さらに締まってきたぞ、おおう」

嬉々として誠一が律動を送りこんでくる。

「そろそろだ、膣内《なか》に出すぞ」

射精寸前のダメ押しとばかりに、摑んでいた尻肉に爪を立てる。

「アアッ、ハアアア……ッ」

凄まじい快楽が、激流のごとく押し寄せてきた。

目がくらみそうな悦楽の境地で、ふたりの絶頂の呻きが重なった。

ドクン、ドクン、ドクン——。

激しい脈動と同時に、子宮口付近に猛烈な精の噴射があった。

「ああ……」

身をよじりながら、理子は崩れ落ちる。

思考が全く働かず、薄靄がかかったようだ。結合が解かれると、精液がドロリと流れ落ち、激しくも愉悦に満ちた恥戯を生々しく物語った。

「素敵よ、理子ちゃん……」

温かな唇が重なった。雪絵が接吻してきたのだ。

楚々とした美貌は、出会った時と同じ気品を取り戻している。理子の髪を優しく撫でる手は、どこまでも柔らかく、慈愛に満ちていた。

「陽が昇ってきたわ。大淀川がキレイ」

まどろんでいた理子が、雪絵の声に目を覚ます。窓の向こうには、朝陽を受けた水面がキラキラと輝きを放っていた。

第三章　清乃、危機一髪

1

都内屈指の高級住宅地、田園調布――。

午前八時、駅周辺は通勤ラッシュ真っただ中だが、セレブな街並みが晩秋の澄んだ青空と相まって、いっそう優雅さを醸し出している。

しかし、

（もう、こんな日に限って寝坊しちゃうなんて）

一目散に屋敷を出て、キャリーバッグを引きながら、最寄駅まで急ぐのは、二十歳の新人CA・瀬戸清乃《せときよの》である。

レモンイエローのミニコートに、艶やかなボブヘア、人形のように整った美貌――細身のスタイルながらも、Gカップの乳房は、キャビンの外でも熱い視線を集めてしまう。

だが、今はそれに気を取られている場合ではない。

今日から二泊三日で、青森ステイのフライトなのだ。

初めての青森ステイ。弘前城まで足を延ばそうか、酸ケ湯《すかゆ》や浅虫《あさむし》温泉でのんびりするのもいいし、大間《おおま》のマグロも食べたいし——などと浮かれすぎたのが禍《わざわい》したのか、寝坊をする失態を犯してしまった。

いや、まだ遅刻と決まったわけではない。

駅までの道のりは、約十分。電車に飛び乗れば、ギリギリ間に合うはずだ。

「ごめんなさい。急ぐので、通してください」

申し訳ないと思いつつ、道行く人混みを縫うように進む。街並みとミスマッチな自分の有り様だが仕方がない。

すれ違う男性の視線が、弾む胸元を直撃するが、今はとにかく時間との戦いだ。

公園を横切り、先月まで甘い芳香を漂わせていたキンモクセイの一角を過ぎた時だった。

「きゃあっ！」

足がもつれ、派手に転倒してしまった。

「っ……痛い……」

思いきり打ちつけた膝から血が出ている。しかも、買ったばかりのパンプスのヒールがポッキリ折れているではないか。

(もう……最悪)

泣きそうになりながら顔をあげると、革製キャリーバッグは、数メートル先まで飛んで行ってしまった。しかも、ガードレールに打ちつけてしまったらしい、表面が破れて、中身がはみ出している。

(あん、やだ……ッ)

キャリーから顔を出すのは、今朝、慌てるあまりに無理やり詰めこんだブラジャーやパンティだ。出社してから、キレイに詰め直そうと油断したのがマズかった。

Gカップ、それもパープルの派手なブラは、遠目でも悪目立ちし、道行く人は、笑いをこらえながら、好奇な目で見ていく。

特に男性陣は、

(でっけえ)

(派手だなあ)

とでも言いたげに、道端に屈んだままの清乃と、飛び出したランジェリーを交互に視線を行き来させるのだった。

――四カ月前に処女を失ってからというもの、清乃は両親に内緒で、華やかなランジェリーを着け始めた。ことのほか厳しい両親は、しかし、一人娘が「経験済み」であることを、もちろん知らない。

百貨店の外商で、母が選ぶ下着は、白一辺倒のシルク製。

全く、時代錯誤も甚だしいのだ。

と、そんなことに思いを巡らせているうちに我に返る。

(いけない、急がなくちゃ)

痛めた脚を引き摺ってキャリーに駆け寄り、下着類を押しこむも、かえって破損した穴が広がってしまい、化粧ポーチやキャミソールまで出てきてしまった。

泣き面に蜂とは、このことだ。

(どうしよう。この状態で、電車に乗るのは無理だわ……)

血のにじむ膝を押さえながら立ちあがり、タクシーを止めようと大通りに出た。が、こんな時に限って、なかなか空車が見つからない。破れたキャリーを引きながら、ヒールの折れたパンプスで、ひょこひょことガソリンスタンドの前を横切った時だった。

大音響のクラクションが真横で鳴らされ、

「キャッ!!」

清乃は棒立ちになった。

荷台にド派手な龍の絵が描かれた大型トラックが止まっている。

しかも、運転席の上には「さすらいの流れ星」という看板まである。電飾こそないが、テレビで見た菅原文太のトラック野郎を彷彿とさせる。

放心状態で立ちすくんでいると、

「わりい、驚かせちゃったな」

窓から、中年の男性がぐっと身を乗り出した。

浅黒い肌にスポーツ刈り、野性味溢れる風貌は、季節を無視した白いタンクトップ姿だ。大胸筋や、上腕二頭筋の盛りあがりも逞しい。

「い、いいえ……こちらこそ、すみません」

一瞬とはいえ、男の肉体に見惚れていたことを恥じるように、慌ててキャリーバッグを持ち直す。

「転んだのか？　血が出てるぞ」

外見や、ごついトラックからは想像もつかない、優しい口調と気遣いだ。トラックの運転手は怖いと偏見を持っていた自分を反省する。

「だ、大丈夫です」

そう言ったそばから荷物がこぼれ出て、またもや飛び出る下着との格闘である。真っ赤になりながら、再び荷物を押しこめるが、焦っているためうまく詰めることができない。押しこんでは飛び出し、飛び出したブラジャーを入れるとパンティが落ちてくる。

顔をあげずとも、男が苦笑するのが目に見えるようだ。

「よかったら、乗せてってやろうか？　どこまで行くんだ？」

見かねたように、男が声をかけてくる。救いの言葉に一瞬、迷いが生じたが、知らない人の車に乗ることなどできない。

「ありがとうございます。でも、大丈夫です。お気持ちだけ――」

愛想笑いを返すと、

「急いでるんだろう？」

「いえ……あの……」

「悪いこた言わねえよ。乗せてってやるって。その荷物じゃ旅行だろう。なら、東京駅？　羽田、ひょっとして成田かい？」

しばしの沈黙のあと、清乃は彼を見あげる。悪い人ではなさそうだ。トラックの運転手なら、裏道なども知っているかもしれない。

「……羽田空港までですが、どれくらいかかりますか？」

「なんだ、俺の腕なら軽く三十分だぜ」

彼の日に焼けた顔から真っ白な歯が覗いた。

トラックは、順調に中央環状線から湾岸線を走行していた。

「本当にありがとうございます。乗せていただいたうえ、ケガの手当まで――」

清乃は、はにかむようにミニコートから伸びる脚を見おろした。膝小僧に貼られた絆創膏は、彼が消毒してくれたあと、貼ってくれたものだ。

壊れたキャリーは、ガムテープで補修して、後部座席に載せてもらい、折れたハイヒールは接着剤で応急処置までしてくれた。

その手際のよさで、彼を完全に信用した。彼のハンドルに頼れば間違いなさそうだ。

「へへ、いいってことよ」

彼も照れたように、ハンドルを切る。

「トラックって初めて乗りました。しかも、龍のペイントなんてすごい」

「だろう？　けっこう金かかってるからな」

「ボンネットがない分、道路が真下に見えるのですね。それに『さすらいの流れ星』なんて演歌みたいで素敵です！」

「えっ、演歌かよ？」

はしゃぐ清乃に、男が苦笑いを返した。

「あら、わたくし、変なこと言いました？」

「あっ、いや……乗り心地、最高だろう？」

男は得意げにアクセルを踏み、並走する車をぐんぐん追い抜いて行く。

「そう言えば、まだお名前を伺ってませんでしたね。わたくし、瀬戸清乃と申します」

「わたくし、だなんてえらくお上品だと思ってたら、名前もお嬢様だなあ。俺は星野桃次《ほしのももじ》ってえんだ。自称『流れ星・桃次』。御年《おんとし》四十歳。親父もトラック運転手でさ、生まれた年に菅原文太の『トラック野郎』シリーズが始まったんだ。親父、文太ファンで、彼がトラック運転手役をやってくれたんで嬉しくって、役名の桃次郎から桃次ってつけたんだ。単純だろう」

桃次は父親のことを嬉しそうに話す。

「親子二代のトラック野郎稼業さ。子供の頃から親父のトラックに乗せてもらって、運転手仲間に可愛がってもらったんだ」

桃次は、高校を出ると大手運送会社に就職、二十年ドライバーとして勤務したあと、自分のトラックを持ち二年前に独立した。運送会社も桃次のまじめな勤務ぶり、トラックに対する愛情を認め、運送の仕事を回してくれている。

今は、運送会社が契約している大手食品メーカーの、運送業務の下請けが主な仕事だ。

「桃次さんてすごい。みんなに慕われているんですね」

笑った拍子に、コートがずりあがり、清乃は慌てて裾を引っ張った。

「そんな大荷物で羽田なんて、どこに旅行だい？」

「いえ……仕事なんです」

「仕事？」

「はい……わたくし、東都航空のＣＡで……」

「ひゃあ、ＣＡなんて、俺、一生縁のない人種だと思ってたよ」

桃次はえらく驚きながらも、嬉しそうに頬を緩ませた。

「ただね……」

と、改まったように、口許を引き締める。

「何か？」

「さっきから言おうと思ってたんだけど、目のやり場に困っちゃうんだよな。清乃ちゃん、グラマーすぎるからさ」

と、コートの胸元を突きあげるGカップ乳をチラ見する。

「やだ……恥ずかしいわ」

照れながらわずかに身を屈めたが、不思議と悪い気はしない。

コンプレックスだった巨乳も、桃次が女として見てくれる嬉しさのほうが勝っている。いや、むしろ清乃のほうが彼に惹きこまれていた。タンクトップを盛りあげる厚い胸筋や、ハンドルをさばくたび隆起する上腕筋、節高《ふしだか》の指にドキッとしてしまう。

「で、今日はどこまで行くんだい？」

「青森なんですよ。初めての青森泊まりなので嬉しくって」

「こりゃ奇遇だ。俺の実家が青森の浅虫温泉のそばなんだ」

「本当ですか？」

「おお、ひと仕事終えたら、このまま実家に直行よ。一週間、羽伸ばしてくるんだ」

「すごい偶然！　わたくしたちＣＡは、青森市内のホテルに二泊するんですよ」

盛りあがったところで、トラックは無事、羽田空港に到着した。

「あっ、ここで大丈夫です。社員専用の通路があるので、ここから行きますね」

トラックを路肩に寄せると、桃次はキャリーをおろし、清乃の手を引いて降車を手伝ってくれる。

「本当に、ありがとうございました」

「時間があれば浅虫温泉に来いよ。この龍のトラックが目印さ」

クラクションを鳴らして遠ざかる車を見送りながら、清乃の心は、色なき風の清々しさと桃次の温もりに満ちていた。

車影が見えなくなると、かすかな切なさが胸をよぎる。

（浅虫温泉……行っちゃおうかしら）

スカートをひるがえすと、慌てて会社へ向かった。

2

青森に向かう機内上空、飛行機は順調に北へと航路を進めていた。

「清乃さん、お疲れさま」

ドリンクサービスが一段落したギャレー内、後片付けをしていたベテランCA・佐倉《さくら》美咲が清乃に歩み寄ってきた。

美咲は、過去に東都航空のカレンダーガールも勤めた美貌の持ち主で、社内でも一目置かれる存在だ。

「美咲先輩、お疲れさまです」

清乃は笑顔を返したものの、こめかみが警戒心で小さく痙攣した。

とても三十二歳に見えない涼しげな美貌の裏に、好奇心が見え隠れしていたからだ。

「で、さっきの話の続きはどうなったの？」

案の定、エプロンのリボンを解きながら、甘く艶めいた声で言ってくる。

「えっ、さっきの話って……？」

「イケメントラック運転手のことよ。羽田まで乗せてもらったんでしょう？」

清乃は、嬉しさのあまりロッカールームで会った美咲に語ってしまったことを後悔したが、彼の日に焼けた笑顔が心に眩しくよみがえった。

「ええと……イケメン……と言うよりも、筋肉質で笑顔が眩しくて、どちらかと言えば男くさいと言ったほうがいいでしょうか」

頬が紅潮していくのがわかる。心の内を悟られまいと視線を泳がせるが、思い出すのは、ドライブよろしく、空港までの楽しかったひとときだ。

彼の父もトラック運転手であること、菅原文太のファンだったという父は、『トラック野郎』が上映された年に生まれた息子を、主役・星桃次郎にちなんで桃次と名付けたこと。

何よりも、これから二泊する青森の浅虫温泉に彼の実家があり、「遊びに来ないか」と誘われていること。

彼との会話のすべてが鮮明によみがえる。

そして、逢いに行こうと秘かに目論んでもいる。

（お誘いを受けたことは、内緒にしたほうがよさそうね）

そう自分に言い聞かせたそばから、

「ほらほら、またニヤついちゃって。よっぽど彼が忘れられないみたいね」

「ち、違いますよ」

美咲にからかわれて、強く否定するあまり、清乃のGカップの乳房がぶるんと震えた。

「――ただし」

やおら、美咲の口調が改まった。

「彼が、たまたまいい人だったからよかったものの、もう二度と他人の車に乗るような軽率な行動はダメ。遅刻しそうなら、電話一本でスタンバイのCAが飛んでくれるんだから、これからはそうなさい」

「……すみません、青森ステイは初めてだったもので、つい……」

「そういう問題じゃないの。怖い事件が多いでしょう。車は密室同然なんだから――そう言えば、清乃さんの両親て、厳しいらしいわね。女同士の旅行も、両親の許しなしでは行けないんですって？」

「は、はい……時代錯誤と言うか、両親そろって頭が固くて、門限は七時ですし、嫁に行くまで処女を守り通せ、なんて大真面目に言います……」

「ふふ、あなたがバージンだって噂はよく耳にするわ。で、実際はどうなの？」

「えっ」

麗しいアーモンドアイに見つめられて、清乃は一瞬、息を詰めた。

まさか過去に、機内で知り合ったダンディなオジサマに処女を捧げたとか、元・訓練教官でもある大ベテランの先輩ＣＡ黒木《くろき》やよいと、金沢の名士と３Ｐまでしたなど、美咲にはとても言えない。口ごもっていると、

――ポーン！

シートベルトのサインが点灯した。あとわずかで青森空港到着だ。

「あら、せっかくいいところなのに」

美咲は残念そうな顔をしながらも、手際よくシートベルト着用のアナウンスをする。

(ふう、危なかった)

これ幸いと、逃げるように清乃がキャビンに出る。

飛行機は無事、青森空港に着陸した。


一泊目――

ＣＡ七名は、青森市内のホテルに移動した。

津軽三味線の音色が響くホテル内の食事処で、名物のじゃっぱ汁、のっけ丼な

どの海の幸、山の幸と地酒を堪能し、食後は蕩けるようなアップルパイに舌鼓を打った。

その間、桃次のことは一時《いっとき》たりとも頭から離れない。

本音を言えば、すぐにでも彼のいる浅虫温泉に飛んでいきたい気分だ。

しかし、新人の清乃にとって、先輩に誘われれば断れない。CA同士の信頼関係を深める意味でも、フライト後の食事は、大切なコミュニケーションの場なのだ。

桃次の二の腕の筋肉、逞しい胸板、白い歯がチラついた。あの腕に抱かれたらと夢想する清乃の心を、津軽三味線の力強い音色がしきりと煽ってくる。撥《ばち》さばきの振動が、子宮を疼かせた。

(アアン……)

熱い滴りが、パンティを濡らすのがわかった。

尻をもじつかせていると、

「清乃さん、顔が赤いわよ。そんなに呑んでないわよね?」

一人のCAが、不思議そうに訊いてくる。

「す……すみません。私、お酒があまり強くなくて……」

「そう……。明日のフライトに備えて、今夜はしっかり体を休めなさい」

「はい」と素直にうなずいたものの、気はそぞろだった。桃次の独特の野性的な魅力は、まだふたりしか男を知らない清乃にとって、未知なる期待を抱かせる。

部屋に戻り、一人になると、清乃は真っ先に窓辺に駆け寄った。窓外には、青森市内のネオンが、冬の夜空に瞬いている。

(桃次さん、今頃ご実家かしら)

暖冬続きの昨今、雪が降るのはもう少し先らしい。ほろ酔いのまま、ベッドに倒れこむ。

(逢いたい……桃次さんに、早く逢いたい)

二日目の夜、

フライト後、早めの夕食を摂ると、清乃はこっそり宿を抜け出し、浅虫温泉へとタクシーを飛ばした。

コートの下には、清楚な白いブラウスに紺のタイトスカート。しかし、ランジェリーは、桃次と出会った朝、路上にぶちまけてしまったセクシーなパープルのものである。

桃次に脱がされるためだけに着けてきたが、果たして、彼との再会は実現するのだろうか。

「お客さん、このへんはもう浅虫温泉だが、どさ行きます？」

津軽訛りの運転手が訊いてくる。

「えっと……龍の絵の描かれたトラックってことしか、聞いてなくて……」

「それだば、わがんねえ。そんだけで探すのは……今の時分、トラックはひっきりなしに通っからな」

今さらながら、もっと詳しく訊いておくべきだったと、清乃は泣きたくなった。

「あっ、ここで……ここでおります」

居ても立ってもいられず、思わずおりてしまった場所は、国道四号線沿いの湾曲した道だ。道路を挟んで左側は陸奥湾、反対側は黒い山を背に観光ホテルが立ち並んでいる。

車の行き来はあるが、夜とあって閑散としている。そのうえ、雪こそ降っていないものの、吹き付ける海風が肌を刺すように冷たい。

（寒い……）

清乃は、凍える手にハアッと息を吹きかけた。

しばらく歩き続けるが、不安は増す一方である。自分がどこにいるかも定かではない。横をトラックや自家用車が清乃などいないかのように通過する。

(帰ったほうがいいかしら……)

ハイヒールを通して、地面に籠った寒さが伝わってくる。

ホテルに連絡しようか、いや、スマートフォンのGPS機能でまずは現在地を確かめないと――コートのポケットをまさぐってハッとなる。

(やだ、忘れてきてる)

桃次に早く逢いたいと慌てるあまり、ホテルの部屋に置いてきてしまったようだ。

軽はずみな行動を美咲に注意されたことを思い出しながら、清乃は冷え切った手を握り締めた。

(困ったわ……)

どうしようと周囲を見渡した時、一台の黒いセダンが通り過ぎ、清乃から十メートルほど離れた路肩に停車した。

ナンバープレートは「青森」。

(もしかして、桃次さん……？　車で迎えに来てくれたの)

清乃が近づくと、ドアが開いた。

降りてきたのはスーツ姿の男ふたり。ひとりは細身の若者、もうひとりは恰幅のいい年配の男性だ。

桃次でないことに気落ちはしたものの、紳士的な風貌と見知らぬ土地に取り残された孤独感から、警戒心が薄らいでいく。

「すみません、ちょっと道をお尋ねしたいのですが」

若い男が訊ねてきた。

「道？　地元のかたじゃないんですか？」

「ええ、僕ら友人の車を借りて、これから狩場沢《かりばさわ》まで患者さんを迎えに行かなきゃならなくて」

年配の紳士が告げる。患者さんということは、病院関係者だろうか？

「すみません……わたくし、全くわからなくて……」

「まいったなあ……確かこの道でいいはずなんだがなあ」

スマートフォンがあるか尋ねようとし、清乃は何気なく車の運転席を見た。

（あら……？）

車内前方に光る液晶画面は、カーナビではないか。

清乃の視線に気づくと、男たちは顔を見合わせた。

「実は、ナビの使い勝手がイマイチわからなくてね、そろってＩＴ音痴ってやつでして」

「簡単ですよ……現在地と目的地を入力して、あとは音声ガイドが指示してくれるだけなのですが……」

「ちょっと教えてもらえないでしょうか」

「えっ……でも」

さすがに見知らぬ土地で会ったこともない男ふたりの車に乗るのはためらわれる。理由をつけて断ろうとした清乃に、

「助かります。ありがとうございます！」

先に頭をさげられて、つい引き受ける羽目となった。


「ええと……行先は狩場沢でしたよね？」

助手席に座った清乃は、液晶画面を操作した。

「はい、狩場沢の駅までお願いします」

運転席に座った若い男が告げると、清乃は音声に従い手際よく入力画面を操作

する。サイドミラーには、後部座席からこちらを見る年配男性が映っている。

（おかしいわ……）

操作はしごく簡単なものだった。

ナビは懇切丁寧に誘導してくれ、入力方法もこれといって問題ない。このまま国道四号線を進むと、三十分ほどで目的地なのだ。

嫌な予感がした。

「あ、あの……もう入力は終わったので、わたくしはこれで……」

車から降りようとドアノブに左手をかけると、

「まだ用事は終わってませんよ」

運転席の若者が、清乃の右腕を摑んだ。

「いやっ」

とっさにその手を振り払うと、背後の男が羽交い絞めにしてくる。じりじりと首を締めつける力は、まともに気道を塞いでくるではないか。

「んん……苦し……ッ」

男は容赦なかった。スーツの下の力こぶがいちだんと盛りあがるのがわかった。

このままでは首が折れる——そう思った時、男が乳房をムンズとわし摑んだ。

「きゃあっ」

「おお、こりゃ上玉だ」

今までの紳士然とは一転、男は下世話な笑い声をあげたと思うと清乃のコートを乱暴にはだけ、乳房を揉みしだいてくる。

「やめてくださいッ」

ビリッと生地の裂ける音と同時に、コートのボタンが跳ね飛んだ。

「いやあっ！」

「大人しくしないと痛い目見るよ」

凄みのある声だった。それでも脚を暴れさせると、右隣の若者が薄ら笑いを浮かべながらスカートの中に手を入れてくる。

「ああっ」

脂じみた手指がねちねちと太腿を這い回る。背後と右側からのおぞましい凌辱を受け、清乃はそそけ立った。

「イ……イヤ……誰か…誰か助けてッ!!」

ピリ……ピリッ……ビリッ……。

ストッキングの裂ける音がしたのはその直後だ。同時に、破れた繊維の隙間を野太い指がかいくぐった。

「ヒッ……」

悲鳴をあげる間もなかった。極薄の繊維を呆気なく引き裂いた指は、すぐさまパンティ脇から忍びこみ、陰毛を掻きわけ、ためらうことなく女の粘膜を刺し貫いた。

「イヤア……ッ!!」

まるで清乃の体内を探るように、男は四方八方の膣肉を掻きこすり始める。

「あっ、ああっ」

「へへ、可愛い顔に似合わずけっこう毛深いんだなあ。それにこの締まり具合、抜群だ」

卑劣な笑みのまま、男はぐちゅぐちゅと指を暴れさせた。

「お、Gスポットのざらざら感がいいねえ。ほうら、濡れてきた。もしかして欲求不満かな？」

「ち、違いま……」

濃いヘアを指摘されて恥じ入るが、一刻でも早く逃げなければと、あらん限りの力で身を揺さぶった。

「おい、早く俺にもヤラせろよ！」

後部座席で乳房を揉んでいた男が、痺れを切らしたように叫ぶ。

「ちぇっ、わかったよ、もう少し待ってくれ」

再び、男が粘膜をえぐり立ててきたその時、背後から大音響のクラクションが鳴らされた。

通り過ぎた大型トラックが、耳をつんざくブレーキ音を轟かせ急停車する。荷台に描かれた龍の絵を清乃は見逃さなかった。

運転席から飛び降りた男の影が、一目散に駆け寄ってくる。

「……も、桃次さん？」

泣き濡れた目の清乃が呟くより早く、運転席のドアを開けた桃次が男を引きずりおろし、みぞおちに一発パンチをお見舞いした。

「ぐううっ」

鈍い音のあと、男は崩れるようにコンクリートに突っ伏す。

桃次の鋭い目が後部座席に向けられると、今の今まで清乃を羽交い絞めしていた男は手を緩め、

「も、桃次じゃねえか。この子……知り合いか？」

「ああ、知り合いなんてもんじゃねえ」

気色ばむ桃次が後ろのドアを開けた。

「た、頼むよっ……いつもの冗談さ、まさか、知り合いとは」

「うるせえ、お前もおりろ！」

男の悲鳴が聞こえた。清乃は思わず耳を塞ぎ、目を閉じた。

それから先はよく覚えていない。

救われた安堵からか、気づけば嗚咽を漏らしていた。自分の軽率さを後悔し、しかし、危機一髪で桃次が救い出してくれたことに心から感謝した。

「もう大丈夫だ、行こうか」

ドアが開けられた。

桃次の温かな手が清乃を引き寄せる。

「体が冷えてるな。とりあえず、俺のトラックに乗ろう」

肩を抱いて車へと向かう途中、桃次は怒りの形相で、

「悪かった。あいつら地元のくだらん連中さ。いつも女をナンパしてるんだ、今日みたいに乱暴なのは初めてだがな。許せねえ、郷土の面汚しだ。一緒に警察に行こう」

「いいの……わたくしも軽率だったんです。それに……ここに来てるの、先輩たちに内緒なんです。ホテルを抜け出したなんて知られたら、大変」

「本当かい？」

「桃次さんに逢いたいから、勝手に抜け出してきちゃったの」

「清乃ちゃん……」

「お願い……ふたりっきりになりたいわ」

清乃は桃次の逞しい腕にそっと寄り添った。


「よし、ここなら誰も来ないな」

桃次が車を停めたのは、漆黒の海を前にした駐車場である。

夏期には海水浴や海釣りを楽しむ観光客が多いらしいが、今は街灯さえ点っていない黒々とした闇。煌めく冬の星座たちと、雲間から覗く月が、静かにふたりを照らしている。

「星がキレイ……月の光も眩《まぶ》しいくらい」

都会では考えられぬ大自然の風景に、清乃は昂揚する心の行き場を探しあぐねるように、そっと桃次の体にもたれかかった。

静寂が、ふたりをより親密なものへと変えていく。

桃次の手が清乃の手を握った。

互いの視線が絡み合う。月明りを受けた桃次の目に清乃の影が映し出される。

——どちらからともなく、唇を重ねあった。

「んっ……ん」

夢にまで見た桃次の熱い唇。幸せを嚙みしめる間もなく、ぬめる舌先が歯列を割って入ってくる。

片手でぐっと引き寄せられた刹那、もう一方の手が、コートの上から乳房を包みこんだ。

「あン……」

飛び散ったボタンのことなどすでに頭から消え去っていた。

ゆっくりと捏ね回す手の動きに合わせ腰をくねらせると、熱い滴りがパンティに落ちてきた。

3

「アンッ……桃次さんッ」

大型トラックの前方席。コートを脱がされた清乃の体が、桃次の腕の中でビクンと震えた。

「ハァ……感激だよ。グラマーだとは思ってたけど、こんなダイナマイトボディを服の下に隠していたなんて」

抑えきれない興奮とともに、桃次は清乃の細い首筋に唇を押し当て、ブラウスごしのGカップ乳を揉みしだく。

「ンンッ……」

太い指先が乳肌に沈みこむと、忘れかけていた女の快楽が一気によみがえる。同時に、乳丘から伝わる熱い痺れが子宮へとおりてきて、蒸れた女肉が妖しくヒクつきだした。

「ハァ……ああ」

乳房を揉み捏ねる彼と呼応するように、清乃は尻を悩ましげに震わせた。

「桃次さん……キスして……」

再び濡れた唇を突きだして接吻をねだった。すぐさま桃次の唇が重なり、甘い唾液が清乃の口内に広がっていく。

キスを交わし合うふたりの衝動は止められない。舌を絡めながら、桃次の手が

ブラウスのボタンを外し始めると、

「あ……このブラジャーは……」

桃次は、豊乳を包むパープルのブラジャーに目をみはった。

たわわな乳房を守る光沢あるサテン地は、月光を浴びて淫靡につやめいている。

それにも増して、清乃の真珠色の肌は、恍惚が深まるほどに、艶《あで》やかな輝きを放っていくのだった。

「ええ……一昨日の朝、路上にぶちまけちゃたブラジャー。お洗濯して、着けてきたの。桃次さんに見せたくって……」

恥じらいながら告げると、

「清乃ちゃん、夢みてえだよ。こんな色っぽい姿を見せられると……俺、もう……」

彼は息を荒らげながら、もう待ちきれないと言わんばかりに、ぐいっとブラジャーを引きあげる。

「アンッ……」

悩殺的な乳房が、ぶるんとこぼれ出た。

膨らみの上部をブラが圧迫しているため、Ｇカップが砲弾状に突きでている。

乳首がツンと尖り立ち、自分でも恥ずかしいほどだ。

桃次は、胸元に顔を近づけると、湿った吐息をついた。

「……ああ、なんてキレイでいやらしいんだ……ピンク色の乳首をこんなにおっ勃てて……まったく罪な体だな、たまんねえよ……」

すぐさま、乳輪ごと乳首に吸いついた。

「ハァンッ……っああ」

想像していたとおりの野性味溢れる、猛々しい吸い方だった。

両乳房を絞りあげ、くびり出た乳頭を吸い立てては、なおも硬さを強める乳頭を、生温かな舌先でねぶり回す。

「ンンッ……あんっ」

そのたびに、清乃は細く白い肩を震わせて、快びの喘ぎを漏らした。

立ち昇るふたりの汗の匂いが車内に充満し、火照りと湿気をともなう吐息で、見る間に窓ガラスが曇っていく。

彼の唇と舌は、乳房や脇腹を愛でながら、体も心も潤わせてくる。

タイトスカートの下、ストッキングとパンティの中は、もはや粘蜜でムレムレである。

シートを濡らしたらどうしよう——そんな懸念も次の瞬間、消え去った。

「清乃ちゃん、握ってくれ」

清乃の手を取った桃次が、自身の股間に導いてきた。

「ァ……」

綿のズボンの中心を突きあげる男のシンボルは、鋼のように強靭で、かつて見たことがないほど鋭く天を衝いているようだ。

躊躇しながらも、おそるおそる雄肉を握った。

「ハァ……硬い……」

力強い脈動が、手のひらに伝わってくる。熱に浮かされたように、ぼうっとなる。勃起の形に指を絡め、ゆっくりしごいていくと、ペニスはますます硬度を高めた。

「ああ……たまんねえ」

しごき立てるたびに、呻く彼への愛おしさが募っていく。

夢中でベルトを外し、ファスナーをおろしていた。

「お、おい……清乃ちゃん……」

まさか、ここまで大胆な行為を清乃がすることは想定していなかったのだろう、桃次が驚きの声をあげる。しかし、清乃は恥じらいながらも、心の内を素直に打ち明けた。

「おしゃぶりさせて下さい。わたくし、桃次さんに気持ちよくなって欲しいの」

しなやかな手は、トランクスの開閉口から、素早くペニスを取り出した。浅黒い肉棒が月光に照らされ、ミミズのように浮き立つ静脈の陰影を、生々しく際立たせている。

鈴口も、溢れる先走り汁で、淫靡に濡れ光っていた。

清乃は根元に手を添え、股間に顔を寄せた。むっとした淫臭も、鼻をつく残尿の香りすらも、桃次らしい野性味を感じさせ、もはや平静ではいられない。

差し出した舌で、尿道口に滲むしずくを舐めた。

「ううっ」

桃次は腰をビクつかせる。

口中に塩味が広がった。

半開きにした唇を亀頭にかぶせ、そのままズブズブと呑みこんでいく。

「おおうっ……くううう」

快楽の呻きが頭上からおりてくる。脈打つペニスを根元まで咥えこむと、舌で裏スジを上下に数回なぞりあげた。

「ンン、ンン……」

清乃はさらに双頬を窄め、舌を絡めながら、徐々に頭を打ち振っていく。

ズジュッ……ズジュジュッ……

「ううう……清乃ちゃん」

桃次の手が揺れる乳房に伸びてきた。

餅でも捏ねるように、乳肌を揉みしだく手の力は次第に強まり、口内のペニスもますます膨張していく。

彼の昂ぶりが十二分に伝播し、清乃はなおも激しい口唇愛撫を与え続けた。

ズジュッ……ジュププッ……。

溢れる唾液が口許を濡らし、ペニスを握る手指はおろか、手首までもドロドロになっていく。

しかし、パンティの中はそれ以上に夥しい蜜を噴きだしていた。

ヒクつく女裂は、男に貫かれることを欲してやまない。そのもどかしさもまた、フェラチオの激しさに、いっそう拍車をかけてた。

「ハァア……ンンンッ」

乳房に与えられる断続的な刺激と、ペニスを咥える昂揚感で、火照る体は限界まで追いやられていく。

(早く……欲しい……)

ジュブッ……ジュブブブッ……!!

その時だった。桃次の手が清乃の頭に触れ、動きを止めさせた。

「……後ろに行こう」

「後ろ……?」

顔をあげた清乃が、口許の唾液を拭う。

「俺がいつも寝泊りしてるスペースさ」

「ハアアッ……桃次さ……」

「おうっ……おおっ」

仰向けになった桃次と、彼に尻を向けてまたがる清乃――。ふたりはすでに全裸になり、シックスナインの真っ最中だった。

天井は低いものの、後部座席はベッドさながらに、布団も用意されている。布団に染みこんだ汗の匂いが口に含んだペニスと混じり、清乃はいっそう激しく吸い立てた。

窓から差す月光と、車内に灯るほの暗い照明だけが、ふたりを照らしていた。

「全部見えるよ。小さなビラビラも、濡れたワレメも、可愛いお尻の孔も」

ワレメに、ふうっと熱い息が吹きかけられた。

「アン……」

男根を咥えこみながら、清乃はいやいやと尻を振る。

「おっ、いやらしい汁が垂れてきた」

すぐさま滴りに吸いつき、啜りあげる。粘膜の吸引はもちろん、時おり当たる髭の剃り跡がたまらなく気持ちいい。

「ハァ……知ってるか？　青森じゃ女のアソコを『マンジュウ』って言うんだぜ。清乃ちゃんのマンジュウは、ビラビラが可愛いわりに毛が濃くて最高にスケベだな」

再び、むしゃぶりついては、硬く伸ばした舌先でズブズブと粘膜を突いてくる。

クチュッ……ピチャッ……レロレロ……。

「ンンッ……」

桃次の舌が淫裂をなぞるたび、背筋を微電流が走り抜けていく。性毛の濃さを指摘された恥ずかしささえ追いやられるほど甘美な刺激が肉体を蕩けさせた。

「すげえ、ぴくぴくして、白い本気汁まで噴き出してきたよ」

「アンッ……だめッ」

清乃が思わず腰を引いたのは、ワレメをなぞっていた舌が、肛門を突いたからだ。そのうえ、前側に回った指が、クリトリスをも摘まんできた。

「あううッ」

汗ばむ女体が仰け反った。が、桃次は舌と指で、アヌスと肉芽に執拗な刺激を浴びせ続ける。

クチュッ……クチュッ……。

「ッ……ああ」

もはや、男根を咥える余裕もないままに、清乃はクリトリスと肛門と秘裂の三カ所に練達な愛撫を受けながら、小刻みに体を痙攣させていた。

「どうした、そろそろ欲しいか?」

桃次が淫汁をすすりあげた。

「ハァッ……」

眉根を寄せ、細めた視線の先に月光に照らされた海が青白く光っている。その思いがけない絶景が、清乃を妖艶な女へと変えていく。

「欲しい……桃次さんのものが……欲しい」

清乃の切なげな声が響いた。

仰向けになった清乃の美貌を見つめながら、桃次がヴィーナスの丘を撫でさする。

「悪りいな、狭くて」

清乃は無言のまま、潤む瞳で桃次を見あげた。

桃次は、熱くいきり立ったペニスを清乃の内腿に押し当て、秘口へとすべらせる。

こすれ合う陰毛が、シャリ……と音をたてた。

汗ばむ手が、清乃の片膝を抱えると、

「いくぞ」

桃次は、濡れた膣口に亀頭をあてがった。狙いを定め、一気に腰が突き入れられた。

「ハァァアッ……！」

潤沢な愛蜜にすべるペニスが、女膣を真っ直ぐに貫くと、清乃の体が弓なりに仰け反った。

「おおッ……キツイ……清乃ちゃんのマンジュウ、最高の締まりだよ。こんなの初めてだよ」

弾む乳房に頬ずりしながら、腰を器用にしゃくりあげる。

4

ズニュッ……ズニュッ……。

「ハアッ……ンンッ……桃次さんッ」

狭い後部座席で、桃次が腰を振るたび、トラックの車体がギシギシと音をたてる。

清乃の体は、かつてないほどスリリングなシチュエーションによって、敏感に反応していた。

たわわに実るGカップの乳房が揺れ弾み、その中心に尖り立つ乳首は、血のように赤い。

雄肉を食いしめる女粘膜は、ひと打ちごとに貪婪な収縮を見せ、肉体はおろか、思考も感情も体中の細胞も、淫らに昂ぶる一方だった。

車内には、ふたりの吐息と汗、結合部から立ち昇る甘酸っぱい匂いが充満していた。

「ああ、たまんねえな……清乃ちゃんのマンジュウ」

桃次は、「マンジュウ」を連呼しては、深々とハメこんだペニスの先端で、膣襞をえぐり立ててくる。

「あうッ……そこ……ダメよ……」

身をよじらせた矢先、豊乳がきつく絞りあげられた。

「マンジュウの締まりに加えて、このメロンのようなオッパイ……いくら抱いても飽きたりねえな」

ピンクに染まる乳肌に指を沈みこませながら、桃次は硬くしこった乳首を吸いしゃぶる。

「ンンッ……気持ちいい……」

清乃は歓喜に声を震わせた。

敏感に尖る乳頭は、わずかな吐息にさえ、じくじくと反応してしまう。

妖艶に身悶えする清乃を見つめながら、桃次の角度と深度を変えた練達な胴突きが浴びせられた。

パンッ……パパン……！

「アンン……し、子宮に響いてくる……すごい……」

車体のサスペンションも手伝って、清乃はかつてないほど、発情のエキスを分泌させていた。

「桃次さん……いい……すごくいい」

怪我を負った足の痛みなど、いや、男ふたりに襲われたことすらすっかり忘れていた。

ペニスが貫くたび、甘い痺れが背筋を突き抜け、快楽の荒波が押し寄せてくる。狭い後部座席で、四肢を震わせては、蕩ける下腹を桃次の股間に打ちつけた。

「はううッ……」

ぴんと伸ばした爪先は、いくどもガラス窓を蹴った。桃次も時おり、内壁に頭や肩を打ったが、おかまいなしに抱き合った。

ただただ互いを抱きしめ、性器をこすりつけ、ひたすら快楽を分かち合う。

ズンッ……ズズンッ……！

女膣を穿っては引き抜き、再び粘膜を割り裂く男根の猛威が、窓の向こうの夜闇と溶けあっていく。

目に映る星座がうねり、月光が赤く艶めいた。

と、膣路を行き来する強靭なペニスの動きが止まった。桃次は、抱えていた清乃の脚をそっと下に置くと、

「ふう、少し休憩だ。運転も休みを入れなきゃ事故るからな」

クチュリ……結合を解いた。

淡い照明にヌメ光る淫汁を滴らせた男根は、まさしく唸るような勃起だった。

「すげえな、清乃ちゃんのせいで、こんなになっちまった。まるで二十代の頃の角度だ」

そう苦笑しながら、ペニスの付け根を握り、ぶるんとひと振りする。

静脈の浮き立つ肉幹が、勢いよく跳ねあがり、分泌液の匂いを濃厚に漂わせた。

「イヤン……」

「清乃ちゃんのマ×汁で、布団がぐちょぐちょだ」

桃次の差し示したシワくちゃの布団を見れば、水でもこぼしたような濃いシミが車内の照明にくっきりと映し出された。

「……ご、ごめんなさい……」

「それより――」

よいしょと、桃次は清乃と相対して腰をおろす。

頬にボブヘアを貼りつかせた美貌を見つめると、

「美人てのは、どの角度から見てもキレイなもんだな」

伸ばした手が、清乃の尻から太腿、ひかがみ、ふくらはぎへと愛おしげに撫でつける。

「あう……」

「敏感な体だ」

言葉を発せられぬ清乃を仰向けにし、濡れた陰毛に縁どられた秘口に視線をおとした。

「濃い毛がまとわりついてエロいマンジュウだな。本気汁まで垂らして、ヒクヒクさせて……早く入れてってって俺を誘ってるよ」

桃次の細めた目が、わずかにギラついた。

勃起を握ったままにじり寄ると、両脚で清乃の体を挟む体勢で、女裂に亀頭を押しつけてくる。

花びらが、左右に押し広げられた。

声をあげる間もなかった。桃次が腰を入れると、女の肉路をくぐったペニスは、潤沢な恥液にすべるまま、膣肉に沈みこんだ。

「ハァ……ァアア……」

「おうっ」

挿入するなり、桃次はペニスが外れないよう慎重に後ろに倒れた。伸ばした脚で清乃の体を挟んだまま、グニグニと肉を馴染ませてくる。

「エロいだろう？　これ、松葉崩しっていうんだ」

不意を突かれた驚きと、唐突な肉の圧迫、「松葉崩し」という淫靡な響き——落ち着きを取り戻しかけていた清乃の体に、再び淫火が点《とも》された。

ジュブッ……ジュブジュブッ……。

「ハァ……マンジュウが、またギュウギュウ締めつけてくる」

悦に入ったのか、桃次は清乃の足の甲を摑み、さらに粘膜をこすり合わせては、限界まで密着を強めてくる。

そして、摑んだ爪先を眺め、

「爪もキレイだな。桜貝みてえだ」

足先を口許に引き寄せた刹那、親指を口に含んだのだ。

チュパッ……チュッ……。

「アッ……桃次さん」

清乃の驚きをよそに、桃次はまるでみずみずしい葡萄《ぶどう》の粒でも味わうように、親指、人差し指、中指……と順番に口に含み、舐めしゃぶってくる。

「ダメ……汚いわ……」

困惑しながら、脚を引き戻そうとする清乃の動きを制すと、

「汚いもんか、どこもかしこもキレイだ」

次いで、指と指の溝の部分にも舌を這わせ始めた。

「……ハァ……恥ずかしい」

決して清潔とは言えない場所を舐められる恥ずかしさに、清乃はいやいやと首を振るも、桃次は情熱的に舌を絡ませてくる。

こんな愛撫もあるんだ、とばかりに。

「ンン……」

気づけば拒絶の気持ちは薄れ、得も言われぬ恍惚と、体の隅々まで愛される充足感が、貫くペニスをいっそう強く締めあげていた。

「へへ、清乃ちゃんのマンジュウが、待ちきれないって言ってる。よーし、ラス

ト決めるか」

唾液にまみれた清乃の足を放すと、桃次は松葉崩しの体勢のまま、律動を再開させた。

摑んだ細い足首を引き寄せながら、以前にも増して反り返る肉棒で、女壺を攪拌してくる。

グニュッ……グチュチュッ……！

「ァッ……ハアァンッ」

粘着音にまみれた執拗な乱打が、いくども叩きこまれる。

「アンッ……いいッ……おかしくなりそう」

そう言わせるほどに、肉棒と女壺は寸分の隙もなくピタリと吸い付き合っていた。

卑猥な音色を奏でる結合部を見ながら、清乃は狭い座席で体をよじっては、歓喜の悲鳴をまき散らす。

パンッ……ズニュッ……グニュニュッ……!!

ぶち当たる肉がそげ、たわみ、溶け流れる。

「アアッ……もうダメ、イキそう……」

仰け反ったまま、清乃は桃次のふくらはぎに爪を立て、激しく掻き毟っていた。下腹を突きあげる熱い塊が欲情を尖らせ、全身を燃やしていく。

「お、俺もだ……おうううッ」

「ヒッ……ああんっ」

荒くれる肉砲の連打を受けながら、清乃は凄まじいエクスタシーの稲妻に打たれて身を痙攣させた。

「おおっ、おうおおっ」

打撃音がひときわ大きく響いた直後、深々と穿った膣奥で、ドクン、ドクンと放精の脈動が力強く刻まれた。

「ンン……」

窓から差す淡い光に、清乃は裸身のまま身を起こした。

夜目には見えなかった陸奥湾が広がっている。

さざ波が煌めき、浅虫温泉のシンボルである湯の島の光景が、ひと夜の激しさを和ませてくれた。

朝寝坊から始まった日が、こんなめくるめくステイになるなんて——。

ふと、寝息を立てる桃次に視線を移す。

(桃次さん、ぐっすり眠ってる……)

その無防備な寝姿《ねすがた》に微笑みながら、清乃は、日に焼けた桃次の頬にそっとキスをした。

第四章　合コンの釣果

1

「えっ、合コン？　今から？」

フライトを終え、ロッカールームで着替えていた美咲に声をかけてきたのは、後輩CAの理子だ。

「急にすみません。参加予定だった子がドタキャンになって……」

拝み倒す理子は、まさに切羽詰まっている。制服を脱いだままの、水色のキャミソールとTバックという出で立ちだ。

「つまり、私がピンチヒッターってこと？」

少しだけムッとした美咲の心中を察したのか、

「ええ……頼めるのは美咲先輩しかいなくって……どうかお願いします！」

痛いところを突かれ、理子はバツの悪そうな顔をしたが、必死で拝んできた。

豊満な乳房の中心に透けて見える乳首、煽情的に食いこんだTバックさえも、まったく気にとめることはない。あげく、

「ほら、菜々美からも美咲先輩にお願いして」

理子は後ろに従えていた同期CA、菜々美の背をポンと押した。

「……ちょっと、理子ったら」

困ったように眉根を寄せながら、前に押し出された菜々美も、理子にならいランジェリー姿である。

「す……すみません、こんな下着のまま……男性陣はすでに三名で待ち合わせ場所に向かっているそうですし」

ぺこりと一礼した菜々美は、淡いピンクのブラジャーに、そろいのパンティ姿。色白でふっくらしたもち肌を艶めかせるものの、垂れ気味の瞳に困惑を滲ませている。

理子と同じ二十五歳。癒し系で内気な菜々美のことだ、理子に頼まれて嫌とは言えず、なかば強引に参加させられたのだろう。

下着姿の後輩ふたりに頭をさげられ、美咲は大げさにため息をついた。

「急に言われても……今日はすぐ帰る予定だったから地味なスーツなのよ」

視線を流すと、ロッカールームの鏡に、無難なベージュのスーツに身を包む美咲が映し出された。

「全然大丈夫ですよ。私たちも普段着ですし」

理子がそう言うと、

「そうですよ！　美咲先輩は過去にカレンダーガールもなさった東都航空の看板ＣＡなんですから、何を着ててもステキです」

菜々美も懸命にヨイショをする。

「でも、助っ人なんて気乗りしないわ。それに……」

「それに……なんですか？」

思わず「もう三十二歳よ」と言いそうになって口をつぐんだ。

そう、これくらいの年になると、とかく相手の年齢が気にかかる。フライト以上に気遣うことが多く、ましてやドタキャンした後輩の穴埋め要員だなんて、それこそ看板ＣＡのプライドが許さない。

「いいえ……こっちの話」

「何とかお願いします。相手方はどこだと思います？　大手広告代理店のＤ堂。場所は、予約三カ月待ちと言われている西麻布のイタリアンレストランを手配してもらえたんですよ。お料理を食べるだけでも損はありません」

——あら、素敵じゃない。

相手に不足はないし、舞台も整っている。それなら私が参加するにふさわしいわ。でも、それでころっと参加を了承したんじゃ安く見られてしまう——。美咲は、勿体をつけるように一瞬の間を置いてから、

「ちなみに相手方の年齢層っていくつくらい？」

あくまでも、さりげなく訊いた。

合コン慣れしている理子は、美咲がノリ気になったのを見破ったのか、わずかに唇を緩ませる。

「私の知り合いの堀江《ほりえ》さんて方は二十八歳ですが、あとのふたりはわかりません。聞いても『会ってからのお楽しみ』なんて言われちゃいました。まったく……合コン慣れしてるって感じ」

自分を棚にあげて相手のせいにした。

「二十八……それなら、もっと若いCAを誘ったほうがよさそうね」

「お願いしますよ！　それとも何ですか——冴えない男好きの美咲先輩には、D堂の男はタイプじゃないとか？」

理子は挑発するような笑みを浮かべる。

こんな娘に舐められてなるもんですか。

「こ〜ら、何言ってんのよ」

「決まり！　じゃ、すぐに支度しましょう」

店に着き、奥の個室に通されると、スーツ姿の男性三名が立ちあがった。

「やあ、お待ちしてました」

「初めまして、堀江です」

理子の知り合いだという堀江が、こなれた感じで礼をする。スリムなスーツに身を包み、短髪を跳ねさせた今どきの若手ビジネスマンといった出で立ちだ。

「僕は佐久間《さくま》です。堀江とは同期の二十八歳」

次いで挨拶したのは、長めの髪を後ろに流したサーファー風の男だ。日に焼けた肌に野性味あふれる太い眉が、いかにも女好きという印象を醸し出している。

彼もまた、細身のダークスーツをセンス良く着こなしていた。

そして、もうひとり——。

女性陣が三人目の彼の言葉を待っていると、

「何だよぉ、ＣＡっていうからてっきり制服で来るかと思ったじゃないか。つまんねえなあ」

小太りで眼鏡の中年男性が悪態をついた。

堀江や佐久間とは明らかに、年齢もタイプも異なるダサいオジサンだ。しかも、よれたグレイのスーツの襟元には、食べこぼしと見られるシミがついているではないか。

「あ、あの……勤務外での制服着用は禁じられていまして……」

美咲たちは凍りつくが、

「まあまあ、田渕《たぶち》さん、今日は初対面なんですから、お手やわらかに」

堀江がなだめた。

「うふふ、よろしくお願いします。今夜はＤ堂の皆さんとお食事できるのを楽しみにしてきたんですよ」

理子がその場を取りつくろうように愛想笑いをし、さっとコートを脱ぐと、

（まあっ、セクシー）

美咲は思わず目をみはる。

光沢あるロイヤルブルーのホルターネックのワンピース――の胸元を突きあげ

る豊満なバストに男性陣が見惚れている。

(なにが普段着よ。思いっ切り勝負服じゃないの)

呆れる美咲を尻目に、

「私も失礼します」

菜々美もコートを脱ぐと、ふんわりしたシフォンの純白のミニドレス姿を披露する。

(ちょ、ちょっと、何なのよ)

もはや裏切りとさえも言えぬ女の意気込みを目の当たりにし、美咲はベージュのスーツ姿になった。

長いテーブルを挟み、理子の対面席には堀江、菜々美の前は佐久間、美咲の真正面には、いまだ「制服じゃないのかあ」とふてくされる田渕の姿がある。

「じゃあ、乾杯しましょうか」

赤ワインが注がれたグラスを、堀江が掲げると、

「今宵は美しいCA三名と、わがD堂男性陣の出逢いを祝しまして、乾杯!」

「カンパーイ!」

六脚のグラスが小気味よく響いた。

タイミングよく料理が運ばれてくる。

生ハムのサラダにバーニャカウダ、真鯛のカルパッチョ、牛フィレ肉やウニのパスタでテーブルはいっぱいになった。

「それにしても今日はラッキーだな。女性全員が美人なんて」

佐久間が肉料理にナイフを入れながら、ほくほく顔で呟いた。

「全くだ。こういうのは年に一度あるかないかですよ」

堀江も、ご機嫌にグラスを傾ける。

「お上手ね。さすが合コン慣れしている人はオンナ心をくすぐるのが巧みだわ」

理子と菜々美は上機嫌でワインを呷る。

「合コン慣れだなんて、ひどいなあ。あくせく働いて、上司にドヤされて、今日は久しぶりにご褒美をもらえた気分だ。ねえ、田渕さんもそう思うでしょ？」

弁舌なめらかに言う堀江が、無愛想な田渕に話を振ると、

「……俺みたいに四十過ぎた男には、ＣＡっていやあ制服なんだよなあ」

いまだ制服にこだわり、ふくれっ面で料理をかきこんでいる。

皆が「やれやれ」と苦笑する中、美咲だけは田渕に興味をそそられていた。

「田渕さん、だだっ子みたいで面白い。私けっこう好みよ。正直で好感が持てるわ」

そう告げながら、揺れるキャンドルごしに彼を見つめる。

美咲の「残念な男好き」が鎌首をもたげてきた。

美咲は呑み干したワイングラスを、体の右側に置いた。テーブルを見れば、理子と菜々美は体の左側にグラスを置いている。

しばらくすると理子が、

「やだ……私ちょっと酔ったみたい……お化粧室に行ってくるわ。美咲先輩、付き合ってください」

「えっ？　ええ……」

美咲と理子が席を立つと、

「心配なので、私もご一緒します」

菜々美も慌てて立ちあがった。


照明の落とされた洒落た化粧室内、三人は鏡の前で作戦会議を開いた。

「で、美咲先輩は誰が気に入ったんですか？」

理子は興味深げに訊いてくる。

「え……ええと」

歯切れの悪い返答をすると、

「教えて下さいよ。気になる男がいたらグラスは自分の右側、そうじゃなければ左側って、あらかじめ決めておいたじゃないですか」

「そうですよ、あの三人の中で誰を見初めたか、すごく気になります」

菜々美も興味津々で身を乗り出した。

「……実は……田渕さんが気になってるの」

美咲の言葉に、ふたりは口をあんぐりとさせた。

「まさか！　一番冴えないオジサンじゃないですか」

「そうですよ。制服、制服って文句ばっかり。私、何度も帰ろうと思いましたもん。美咲先輩のだめんず好きって本当だったんですね」

菜々美の言葉に理子が大きくうなずき、顔を見合わせ笑みを浮かべた。

「そうね……でもああ見えて意外と遊んでいるかもよ？」

すかさず理子が反応した。

「あ、そういう見方もありますね、あの姿をかくれみのにして、実はけっこう女を泣かせているかも……」

「私もその手の話、よく聞きます。ふたりっきりになると人格がコロッと変わって、ギャップ萌えした女がハマっちゃうんですよ」

菜々美も賛同したところで、理子は自信たっぷりにうなずいた。

「了解です！　二次会からは別行動しましょう。私たちは四人でカラオケでも行きますから」

「ありがとう、私はさりげなく田渕さんを誘ってみるわね」

美女三人は一致団結し、テーブルへと戻った。

「お待たせしました」

美咲は、酒で頬を赤らめた田渕を熱っぽい瞳で見据える。

2

「俺とふたりきりになりたいなんて……からかってるのか？」

西麻布から六本木に方面に向かう大通り。

美咲の後ろを歩く田渕が、不機嫌そうに告げてくる。

上に首都高三号線が通るこの道は、交通量も多く、年末のイベントやボーナス後ということも相まってか、午後八時を過ぎた今は人で溢れている。

誰もが楽しげに過ぎゆく中、田渕だけがムッとした表情を崩さない。

「からかうだなんて……私はただ、もっと田渕さんとお話ししたいだけ」

コートの裾をひるがえしながら微笑む美咲に、田渕は眼鏡の奥の目を不審そうに見開いて、卑屈に笑った。

「へえ、物好きなものだなあ。俺みたいなブサイクでメタボなオッサンと話したいなんて……もしかして金目当てかい？」

「ひどい言い方。そんなこと言ってると……」

「『誰も寄りつかなくなるわよ』だろう？　心配するまでもなく、すでに嫌われ者なんでね」

「もう、田渕さんたら……」

ため息とともに白い息が吐き出された。

ひねくれた言動をくりかえす裏には、きっと何か理由があるはず。だとしたら、彼の本音を聞いてみたい。

「いつも……そんな憎まれ口なんですか？」

流れる車を横目に、美咲はできる限り穏やかに訊いた。

「さあね」

「もう、意地っ張り屋さんなんだから」

田渕の傍《かたわら》に歩み寄ると、彼の手を取り、強引に指を絡ませる。

「おい、いきなり何だよ」

慈愛をこめた瞳で彼を見つめ、手を握り締めた。

「安心しちゃった……手はこんなに温かくて柔らかなんですね」

「お……おいっ、放せって」

「だ～め」

思いのほか優しい手を、美咲は決して放そうとはしなかった。

初めこそ手を振り払おうと躍起になっていた田渕だが、やがて観念したように力を緩める。

雑踏の中、手を取り合って歩いていくと、目前にはケヤキ坂を彩るイルミネーションが、光の洪水となって現れた。

「キレイ……天の川みたい」

光の帯に導かれるように、青白く煌めく遊歩道を、田渕の手を引きながら歩いていく。

あまりの優美な光景に、先ほどのささくれた気持ちは薄れ、美咲はしばし見惚れていた。

「……俺も小さい頃は、キレイなものをキレイだって言える純粋さがあったんだけどな」

田渕がボソッと呟いた。

次いで、夜空にそびえ立つタワービル群を見あげた。天空に伸びる巨大な人工物は、富と成功の象徴と言わんばかりの威容を誇っている。

田渕は悔しそうに唇を噛んだ。

「小五の時だったよ。クラスの女の子が落としたハンカチを拾ったら『キモチ悪い』って返されたんだ。それをきっかけに、クラス中が俺の容姿をバカにし始めた。『キモイ、キモイ』ってな。悔しくて、惨めで……せめて勉強で勝ってやろうって心に誓ったもんさ」

言葉を発せずにいる美咲に、彼は続けた。

「俺は猛勉強した。成績トップになることでバカにしたやつらを見返したい一心で……ちょうど、あのビルのてっぺんを目指すようなもんだ。あの場所にさえ行けば、誰もが俺を羨み、崇められるべき存在になるだろうって……。そのおかげで有名私立の付属中学に進学し、そこでもトップクラスの成績が残せたよ。友達も彼女もできなかったけど、関係なかった。一流大学を出て一流企業に入れば、人は勝手に寄ってくるだろうって、妙な自信があったんだな。でも……世間から一流と言われる今の会社に入ったけど、ダメだった。この会社、イケメンとか、金持ちのぼんぼんが多いんだよ。まあ、ゲスの僻みって言われちゃ、それまでだけどさ」

愁いを滲ませたその表情を、美咲は先ほどとはまったく違う思いで見つめていた。

悪態をつき斜に構えているのは、彼なりのプライドなのかもしれない。

「でも……努力したからこそ、今の会社で活躍されているのでしょう?」

「仕事はぼちぼち順調さ。でも、さっきの堀江たちの態度を見ればわかるだろう。今日の合コンだって、あいつら同期三人で参加予定だったんだぜ。それを一人が急な接待が入って、俺は人数合わせの引き立て役。まあ、いつものことだけどさ」

「人数合わせ……」

美咲は、自分もドタキャンされた後輩CAの穴埋め要員であることを思い出す。

「そうさ、『田渕さん、CA好きでしょう』って、やけにバカにした口調で誘ってきたな」

「……でも、田渕さんは来てくれたわ」

美咲は目を細めた。

「それは……」

バツが悪そうに口ごもる田渕の手を引き寄せ、抱き締める。想像よりもずっと広く、逞しい胸だった。

驚く彼の一瞬のすきをついて、美咲は唇を重ねた。

「な、何だよ！」

顔をそむける彼に、

「実は、私も人数合わせ要員なの……でも、来てよかった」

彼にもう一度唇を寄せると、温かなキスが待っていた。元来持っている彼の温和さを体現しているかに思えるほど。

ふたりは、どちらからともなく歩き出した。

三十分後。

「ハァ、まさか君と……」

美咲と田渕は高層ホテルの一室の窓辺に立ち、抱き合っていた。

眼下に灯るイルミネーションを見おろす二十階のジュニアスイートは、大型のベッドが置かれたシックでゴージャスな空間である。

先ほど歩いた美しい光のプロムナードが、ふたりを祝福するかのように静かに瞬《また》いている。

美咲の背に回していた田渕の手が、タイトスカートのヒップにすべり落ちる。尻を揉む手の動きに、女体が敏感に反応してしまう。

パンティの中は、恥ずかしいほど濡れていた。

「どうしよう……私……すごく発情してる」

火照る体が大胆な言葉を言わせていた。田渕を励ますつもりが、不覚にも己の牝のスイッチを押してしまうなんて。

その思いを汲み取ったように、田渕の手がスカートの中にもぐりこむ。

「ハァ……」

美咲は太腿を小刻みに震わせながら、甘い吐息を漏らした。

田渕も美咲の首筋に唇を押し当てながら、内腿を撫でる指を、徐々に奥へと忍ばせてくる。パンティごし、女の柔肉に触れると、美咲はもう立っていることさえできずに、ベッドに倒れこんだ。

「すごく湿ってるよ……」

田渕の勃起が太腿に当たる。熱く雄々しい漲りだった。その先端を下腹に押し当てながら、田渕はパンティの上から、柔肉をほぐし続けた。

愛蜜にまみれてベトついた下着を指が這い回るごとに、唇のあわいから掠れた喘ぎがこぼれ出た。

弄られれば弄られるほどに、疼きと興奮は増す一方だ。漲りに貫かれる自分の姿が、脳裏に思い描かれた。

「ハァ……ガマンできない」

子宮の奥底が絞られるように脈打ち、美咲は身をよじらせる。ショーツにいっそう熱い滴りが滲んでいく。秘めやかな女の匂いが、汗とともに立ち昇ってくる。

「お願い……全部脱がせて……」

「キレイだよ……夜景よりずっと神々しい」

窓辺に立たせた美咲の裸身を眺めながら、田渕は感嘆の声をあげる。

「ここ……周りのビルから見えないかしら」

見渡せば、周囲のオフィスビルでは残業中と見られる社員がまだ多く残っている。

「大丈夫、照明は落としているし、誰も気に留めないさ」

バスローブを羽織り、ゆとりさえ感じさせる田渕は、芸術品でも眺めるように、熱い眼差しを送り続けてくる。

やっぱりこの人って……。理子と菜々美が言っていた「人格が変わる」ということを思い出した。

「恥ずかしい……あまり見ないで」

思わず手で乳房とヘアを隠したが、すぐさま彼の腕で退けられた。

改めて裸身を晒すと、傍に来た田渕は、まろやかな乳房をすくいあげ、優しく揉みしだいてきた。

「スリムなわりに、バストもヒップも肉感的だ。引き締まったウエストと太腿、美脚がたまらないよ。夜景はまるで君の後光だ」

「ァ……」

「感度もバツグンだ。ほら、乳首がこんなに勃ってる」

先端が摘ままれた刹那、硬く尖った乳頭に彼の唇がかぶさった。

「ンン……」

よく躍る舌が、生温かな唾液を塗りこめてくる。螺旋状に乳輪を舐めながら、ぴんと先端が舌先で弾かれる。

「気持ち……いい」

両手で寄せ上げられた二つの膨らみは、交互に吸いしゃぶられ、舌先でくじられ、甘噛みされる。

指がすべらかな尻を撫でた。

「さあ、ガラス窓に手をついて、尻を突き出して」

その言葉に、切なげな吐息をつきつつも、実際は焦らされる昂揚感に包まれていた。女肉は夥しい愛蜜にまみれている。

命令通りガラスに手をつき、桃尻を突き出した。ハイヒールを履いた脚が興奮に震えている。

「いい眺めだ、もっと脚を広げて」

そう告げる彼もまた同じだった。荒々しい鼻息から、欲情が如実に伝わってきた。

美咲は言われた通り、脚を広げる。

彼の目には、桃尻のあわいに息づく濡れた女の秘口、V字に広げた伸びやかな美脚、ガラスに映る乳房が余すことなく見えているはずだった。

「最高だ」

しゃがみこんだ彼の舌先が、女のワレメをピチャ……と舐めあげた。

3

ピチャッ……ピチャッ……

「ハウウッ……」

熱く濡れた美咲の秘口を、田渕はいくどもなぞりあげた。

生温かく甘美なその感触は、一瞬にして美咲を淫らな世界へと引きずりこむ。

軽い眩暈に襲われたのち、背を反らせ、ガラスに爪を立てた。

「いやらしい味だ。美人CAも、こんなスケベな汁を垂らすんだね」

「ッ……いや」

「体は正直だよ、ああ、もっと溢れてきた」

熱い吐息とともに女肉にむしゃぶりつくと、強烈な吸引で女陰を責め立ててくる。

粘つく潤みを掻き出すように、膣襞にうずめた舌が妖しく蠢き続ける。

「ぐぐぐ……」

湿った呼気が、ガラスをいっそう曇らせた。

彼の言う通り、体は正直だ。気づけば、さらなる刺激をねだるように、突きだした尻をくなくなと振り立ててしまう。

田渕も、心得たと言わんばかりに引き寄せた双臀を左右に広げ、ドリルさながらに硬く尖らせた舌で、ワレメの奥をねぶり続けた。

クチュッ……ニチャッ……ズブズブッ。

「ハァウッ……だ、だめ……」

あまりの心地よさに、膝が崩れそうになる。

ガラスに頬と乳房を押し当てながら、美咲は顔を歪め、心とは裏腹の拒絶の言葉を吐き続けた。

ピチャッ……ピチャッ……。

「あ……くう……」

膣肉を貪る練達な舌の蠢きが、美咲の背を弓なりに反らせた。硬質なガラスに押しつけられた乳房がひしゃげ、潰されていくが、そんな屈辱めいた行為さえ、今は極上の刺激となってくれる。

それを示すように、敏感に尖っているであろうクリトリスが、トクントクンと脈打っているのが感じられた。

眼下には、もつれ合う男女の営みを煽り立てるかのように、相変わらずイルミネーションが華やかに煌めいている。

「アッ……」

不意に田渕が立ちあがった。

「交代だ」

「えっ……？」

ガラスに手をついたまま、美咲は視線を後ろに流す。

「次は君がひざまずいて、フェラチオだ」

「……こ、ここで？」

「もちろん。美女のフェラ顔とイルミネーションが同時に拝める。これを逃す手はないだろう」

田渕がバスローブを脱ぐと、呆れるほど急角度に反り返った男根が、ほの暗い照明の下で唸りをあげる。

「ほら、早く咥えて」

田渕は根元を摑み、犬にエサでもやるようにぶるんと振った。

美咲の潤んだ瞳が、雄々しい勃起に釘付けとなる。と、今の今まで舐められていた女の秘口に湧き出た恥液が、内腿を伝い落ちた。

ああ……いや……。

「なあ、早く欲しいんだろう？」

彼はしたり顔で、握ったペニスをゆっくりとしごき始めた。

ニチャッ……ニチャッ……。

「ほうら、君のせいでこんなにガマン汁が出ちゃったよ。上手に舐めたら、ご褒美にぶちこんであげるからさ」

尿道口から噴き出す汁が、彼の指を濡らしていく。

美咲は魅入られたように、ひざまずいた。

行儀よくそろえた膝を床につくと、目線の高さには、大蛇のように恐ろしくも逞しいペニスが美咲を睥睨《へいげい》していた。

赤剝けした亀頭に頬を寄せると、ムッとした汗と残尿の匂いが鼻をつく。

獣じみたその匂いは、より情欲を掻き立ててくる。

静脈のうねる根元を支え持ち、唇を開いた。伸ばした舌先で、つるりとした肉皮をついばんだ。

湿った吐息をつきながら、Oの字に広げた唇が男根を呑みこんでいくと、

ズブッ……ジュププ……。

「オオッ……オォ……」

硬く通った肉芯は、頼もしいほど舌を押し返してきた。

（ああ、彼の味……）

えぐみある肉棒を喉奥まで咥えると、内頬を密着させたまま、苛烈なバキュームで吸い立てていく。

初めはゆっくり、そして徐々に加速しながら、頭を打ち振った。

吸引時には包皮を剝きおろし、咥える際は亀頭冠にぶつけるようにしごいていく。もちろん、もう一方の手で、陰嚢を揉みしだくことも忘れない。

「ハァ、上手だよ……咥えてる顔を見せて」

「ン……ンン……」

美咲はペニスをしゃぶりながら、伏せていた視線をおそるおそるあげた。

見あげると、彼の瞳がイルミネーションを反射させた眼鏡の奥で卑猥に光っている。

「なんてエロい顔なんだ。このまま、目を合わせたままで咥えていてくれ」

「う……」

その言葉に、子宮が絞られるように疼いた。苦しい姿勢も厭わず、美咲は田渕を見あげたまま、肥え太るペニスに舌を巻きつかせ、咥えこんでは吸いあげた。首が引き攣りそうになるが、苦痛より今の美咲には快楽が勝った。

ニュチュッ……ジュププッ……。

口許は、唾液と田渕の体液でドロドロだった。饐えた匂いはさらに濃厚に香り、室内を淫靡に染めていく。

「ハァ……最高だよ……俺だけの淫乱ＣＡ」

もっと恥ずかしい言葉で責めて、もっと潤わせてほしい。

（アア……ガマンできない……アソコがじくじく疼いて……もうダメ……）

陰嚢を口に含み、優しく転がし、蟻の門渡りも丁寧に舐める美咲の尻は、いつしか揺れていた。

「……もうダメ……欲しいんです……入れてほしいの」

耐え切れず、そう告げた。

溢れる唾液以上に、秘唇には熱い潤みが滴っていた。

「このまま、ここで入れていいかな？」

「……」

「せっかくの夜景だ。『ベッドで』なんて野暮なことは言わないでくれよ」

田渕は美咲の腕を摑み、立ちあがらせる。

「そうだな、今度は真正面からズッポリ」

田渕は薄笑みを浮かべた。


窓辺に立った美咲を、田渕は改めて眺めた。舐めるような視線は、首筋から鎖骨、肩、そして乳房の膨らみへとおりてくる。

「さっきより、数倍色っぽくなってるよ」

唐突に伸ばされた手が、Ｄカップの乳房を摑んだ。

「ンン……ハァ」

「ほら、体も悦んでいる。乳首がビンビンに勃起してる」

それは自分でもわかっている。

田渕は嬉しそうに、膨らみの中心で尖り立つ乳頭を摘まんだ。

「ハァ……」

甘く鼻を鳴らす美咲を玩弄するように、左右の膨らみが揉みしだかれ、乳頭が指で弾かれた。悲鳴をあげる間もなく、腰を屈めた田渕が乳首を吸い、下品な音を立てて、しゃぶってくる。

ネロリ……ピチャッ……

「アッ……アッ」

焦らしに焦らされた体は、知らぬ間に限界まで追い詰められていた。乳首から流れる行き場のない疼きは、子宮へと流れ、熱いエキスとなって内腿をしとどに濡らしていく。

「すごい濡れっぷりじゃないか」

これがあの冴えない男と同一人物かと思えるくらい、淀みなく言葉を発している。

「お、お願い……もう、私……」

「こらえ性のないCAさんだ」

切なる願いを聞き届けてくれたのか、田渕はやおら美咲の片脚を抱えた。

次いで、反り返ったイチモツをワレメに押し当て、こすり立ててきた。

「ハァ……んんッ」

裏スジや静脈で凸凹した肉棒が、ヌルリ、ヌルリと女の秘唇をすべり、クリトリスまで刺激してくる。指とは違う硬く熱い感触が、充血した肉ビラのあわいを行き来するたび、欲しくてたまらない。早く入れてと請うように、はしたない汁が内腿を伝っていく。

「すぐにでも入れてって表情だな」

「くッ……」

唇を嚙み締めた。熱く脈打つ男根が、花びらをめくり、濡れた陰毛を搔き分ける。田渕の二の腕に爪を立てると、彼は数回、男根を愛蜜ですべらせ、満を持して腰を突きあげた。

ズブッ……ズブズブズブッ……!!

「ヒッ……アアアッ……」

潤沢な恥液に後押しされながら、反り返った怒張が深々と女膣を貫いた。

「おおっ……ううっ」

脊髄に鋭い電流が突き抜ける。雄肉はゆうゆうと子宮口まで到達し、美咲は細い顎を震わせる。

「ハァ……すごい……田渕さんの……」

ガラスに背を押し当てられたまま、美咲は歓喜の言葉を口にする。体内を割り裂く怒張を包む襞が物欲しげに収縮していく。

「すごいよ。痛いくらいにギュウギュウ締まってくる……おお」

美咲の片脚を抱えたまま、田渕は腰を使い始める。じっくりと肉を馴染ませるように前後する律動は、時を経ずしてリズミカルなものへと変貌した。

ズブッとねじこんでは、ゆっくりと引き抜き、さらなる胴突きを浴びせては、恥肉を味わうように退いていく。

「ンン……いいの……すごくいいの……」

待ち侘びた男根の摩擦と圧迫。一打ちごとに美咲の唇のあわいから艶声が漏れ、甘やかに鼻が鳴った。

4

「アンッ……田渕さん……ッ！」

片膝を抱えられながら、美咲は白い喉元を反らした。

女体を貫く男根を食い締めた膣肉は、激しい蠕動とともに、奥へ奥へと引きずりこんでいく。

「くう……すごい、ますます締まってきた」

いきり立つ雄肉を根元までハメこんだ田渕は、斜め下からの突きあげを執拗にくりかえす。

ズブッ……ズブズブッ……。

「ヒッ……くくっ」

ひと打ちごとに髪がうねり、肉がたわんだ。内臓が押しあげられて、引きつれた喘ぎが喉奥から発せられた。

美咲は、彼の首に両腕を回す。しっかりと身を支えていなければ、今にも崩れ落ちてしまいそうな衝撃だった。

絶え間なく打ちこまれる剛直の猛威が女肉をたぎらせ、追い詰め、辛うじて保たれていた理性さえも、吹き飛ばしてしまう。

膣道を行き来する灼熱の摩擦は、まるで吸いつくかのごとく、美咲の全身を支配していた。

互いの体液と汗の匂いが溶け混じり、オスとメスの獣の匂いが濃厚に香る。

いまだ硬度を保ったままの男根は、しかし、ひと打ちごとに凶暴さを増していた。

それにつれて美咲の肉体も、さらなる一打を迎えるため、浅ましく尻をくねらせ、発情の淫蜜を滴らせる。

「ハァ……なんて締めつけだ……チ×ポが食いちぎられそうだ」

奥歯を噛み締めた田渕は、いったん腰の動きをスローダウンさせた。

そして、絡み合う陰毛をこすりつけながら、右に大きくグラインドさせる。

「あううッ……」

角度を変えたペニスが、肉の輪をぐっと押し広げてきた。男茎を包む媚襞が、離れまいとして淫らがましく吸着する。

泣きそうに眉根を寄せながらも、彼の首に回した腕だけは決して放すまいと、美咲は必死にしがみつく。

「こんなにヒクヒクさせて……根っからの淫乱だな」

「……いじわる……嫌いよ……田渕さんなんて……大嫌い」

そんな美咲の言葉を無視するかのように、

「ゥ……また締まった……ああ、チクショウ、たまらん」

落ちかかる膝裏を抱えながら、田渕は息を弾ませる。

冷たいガラスに押しつけられているにもかかわらず、背中は灼熱の炎にあぶられているかのよう。肌に吹きかかる彼の吐息が、一段、また一段と、絶頂への階段を昇らせた。

「ああ……田渕さんのものが、私の中でビクビクしてるの……」

汗みずくの田渕を美咲の潤んだ目が見つめる。

わななく膣肉がいくども収縮し、そのたび得も言われぬ快美が、体の隅々まで行き渡る。

数時間前までキャビンを品よく歩いていたＣＡの美咲はもはやいない。肉欲に溺れるひとりの女が恍惚に全身を染めながら、さらなる甘美な圧迫を欲しているのだった。

結合を解かぬまま、不意に田渕の唇が重なってきた。

舌が差し入れられると、生温かな唾液が口内を満たしていく。

ニチャッ……ヌチャッ……。

互いの舌が、意志を持った生き物のようにくねり、絡み合った。

甘やかな唾液の味が広がり、汗と皮脂の匂いが濃密さを増していく。

限界までめりこんだかに思えた肉茎が、さらに数センチも、侵入を深めた。

圧されるままに、もたれかかった背後のガラスがミシミシ軋むと、

「ン……怖い……」

このままガラスを突き破り、ふたりもろとも落下しそうな気にさえなる。

「大丈夫だよ……」

唇を押し当てたまま、田渕が唾液を注いでくる。

美咲は伸ばした舌先で絡め取りながら、ゆっくりと嚥下する。

ガラス一枚隔てた場所で、こんな大胆なことを——。女孔を塞ぐ猛々しいペニスに翻弄され、屈服しつつも、美咲は男に組み伏される被虐の悦びに浸りきっていく。

彼はたっぷりと唾液を注いでから、唇を離し、しみじみと美咲を見つめた。

「さっきよりも数倍セクシーだよ……堀江たちに見せたいくらいだ」

眼鏡の奥で細めた冷たい瞳は、田渕を軽くあしらっていた後輩たちへの優越感に溢れていた。

田渕はいったんペニスを引き抜くと、抱えていた美咲の脚を床に置いた。

「さあ、もう一度尻を向けてごらん」

美咲は、再び窓ガラスに手をつき、言われるまま尻を突き出した。

淫汁が滴る女のワレメを見せつけるように、脚をわずかに広げ、しなやかな背中を反らせる。

ガラス向こうの夜空には、いつしか月が昇り、幻想的に輝く満月、瞬く冬の星座たちがふたりを見おろしている。

周囲のオフィスビルでは、残業中らしきビジネスマンたちが忙しげに行き交っていたが、もう羞恥も恐れも感じない。ぞっとするほど神々しい月さえもが、エロティックに見える。

「いやらしいオマ×コだな。さっきよりビラビラが膨らんで俺を誘ってる」

「く……」

切なげに眉根を寄せようとも、屈辱的な物言いに欲情しているのは、美咲本人である。

室内の薄明りを反射しているであろう濡れた女の秘口を思うと、ますます花芯が疼いていく。

「早く……来て……」

尻を突き出したまま、おもねるように告げた。

美尻が摑まれ、引き寄せられた。

愛液にぬめる亀頭が、双臀の谷間をすべり、濡れ溝を二、三度往復する。

「すごいよ。まだまだ溢れてくる」

うなじにかかる吐息が熱を帯びた刹那、狙いを定めた先端が、ぐっと花弁を押し開いた。

「ンンッ……」

美咲はガラスに爪を立て、ハイヒールを履いた伸びやかな脚に力をこめる。

「むむっ」

唸りとともに田渕が腰を入れると、充血した秘唇を巻きこみながら、男根が肉の輪をくぐった。

ツプッ……ズプズプッ……ジュボボッ!!

「アッ、アッ……ハァァアッ……!」

爆ぜた電流が、一気に脳天まで突き抜ける。

四肢が痙攣し、全身がそそけ立った。大きく仰け反った体は、串刺しの状態で、しばらく動けずにいた。

「ハァ……根元までズッポリだ」

肉を馴染ませると、田渕は濡れて張りついた陰毛の音をシャリシャリと響かせながら、再び激しく腰を打ちつけてきた。

美咲はかろうじて見開いた目で、ガラスに映る自分を見つめる。

半開きにした唇が婀娜っぽく艶めき、目の下が異様に赤らんでいる。

潤む瞳は、さらに獣性を滲ませていた。

全身はますます肌熱を高め、さながら火柱に括りつけられたように、熱気と息苦しさの中にいた。が、男根を包む襞は歓喜にざわめき、なおも貪婪に締めあげていく。

乱打のたび、剝けたクリトリスに衝撃が響き、内腿が痙攣した。

「ハァッ……おかしくなる……ッ！」

肉の鉄槌を浴びせられながら、美咲は髪を振り乱して、嬌声を放った。

「そうだ、もっとヨガれ。『東都航空の佐倉美咲は、こんなにエロいＣＡなんです』ってな」

「あぁぁッ……」

盛大な打ちこみに身をこわばらせながら、美咲は悶えに悶えた。

穿たれるごとに乳房が激しく上下し、汗が飛び散っていく。

女体を割り裂くような衝撃は、四肢の隅々まで行き渡り、歓喜とも畏れとも取れる甲高い咆哮が、長く細く糸を引く。

室内は打撃音と粘着音が反響し、立ち昇る淫臭が充満していた。

快感が高まりすぎて、下半身に力が入らない。それがますます性感を高め、下腹を緩ませ、今にも小水をもらしてしまいそうだ。

「そーら、イケよ。イッていいんだよ」

女壺が存分にえぐられた。

Gスポットと肉芽の二カ所責めで、頭が真っ白に霞んでいく。

「ハァアッ……ダメッ……!!」

オルガスムスの予感に駆られると、かつてないほど大きく襲いかかる恍惚に身構えた。

「クウウッ……イク……はああっ！」

尻を振り立て、断末魔の悲鳴をあげると、田渕が豪快にペニスを叩きこむ。

「俺もイクぞ」

肉ずれ音がひときわ大音響を奏で、凶暴な漲りがトドメとばかりに穿たれた。

せりあがる快美と苛烈な圧迫。時を経ずして訪れた絶頂の直後、田渕が素早くペニスを引き抜くのとほぼ同時に、美咲は下腹から淫乱な分泌液を噴きまくった。

ピュッピュッ……プシュッ……ジュポポ……。

「あぁっ……イヤァァァァッ!!」

「おお、潮吹きか?」

「……うそ……いやぁッ……!」

田渕が驚愕の声をあげる。

制御不能になった肉体は、窓ガラスに仰け反ったままの体勢で、水鉄砲のような飛沫をほとばしらせた。

「す、すごいよ!」

息を呑む田渕は、硬化する肉砲を支え持つと、ビクビクと尻を震わせながらいまだ潮を吹き続ける美咲めがけ、濃厚なザーメンを噴射させた。

ドピュッ、ドピュッ……!!

熱い粘液は、美咲の汗ばむ尻を穢すようにたらりと垂れていく。

女蜜に混じった白濁液が、内腿を伝い落ち、欲望の痕跡を描いていく。

肩で息をしながら崩れ落ちる美咲を、田渕の腕が優しく抱きとめた。

第五章　倒錯の下着

1

「アチチッ！」

「も、申し訳ありません、お客さま！」

出雲空港に向かうビジネスクラス内、ドリンクサービス中にバランスを崩した菜々美は、男性客のズボンにコーヒーをこぼしてしまった。

「大変、シミが」

グレーのズボンに広がるシミに、菜々美は慌てて手にしたおしぼりをあてがうも、汚れはどんどん広がっていくばかり。

フライト歴五年、二十五歳にもなっても、相変わらずのドジっぷりだ。

垂れ目がちな瞳に涙が滲むが、乗客の前で泣くことなどできない。

「すぐに、おしぼりをお持ちします！」

足早にギャレーへと駆けこみ、ドライタオルとシミ抜きキットを手に客席へと戻った。

「本当に申し訳ございません……」

平謝りで、冷たいおしぼりを差し出すと、男性客は受け取って手慣れた様子でズボンを拭っていく。

——彼の悠然としたオーラは、搭乗時から目立っていた。年齢は五十代半ばだろうか。白髪の入り混じった髪をオールバックに撫でつけ、切れ長の一重の目が知的な雰囲気を漂わせている。渋めの役者といった風貌か。

(私ったら、またやっちゃった)

以前も同じことがあった。

機体が揺れた拍子に体勢を崩し、男性客の膝に尻もちをついたあげく、手にしたコーヒーをこぼしてしまったのだ。

が、怪我の功名とも言うべきか、それがきっかけで、その男性との不倫が始まったのだから、世の中何が起こるかわからない。

いや、それとこれとは別問題。今回も、自分のドジぶりを反省すべきだろう。

まずは、汚れよりもヤケドの有無が重要だ。

万が一、病院沙汰になってしまったら、治療費や慰謝料などの問題が発生してしまう。

しかし、幸いにして杞憂だった。

「大丈夫だよ、シミ抜きキットを貸してくれれば、自分でやるから」

「は、はい……」

菜々美が手渡すと、男性客は至って紳士的な応対で、手際よく処置して、ズボンは見る間に元通りになった。

「ほら、もう問題ない」

大らかに返された笑みに、つられて菜々美も顔をほころばせた。

(あら?)

左の胸元にバッジが輝いている。ひまわりの真ん中に秤《はかり》がデザインされていた。

この特徴的なバッジ、ドラマで見たことがある。そう、弁護士だわ。

弁護士——なるほど、泰然とした態度は、仕事柄ゆえかもしれない。

しかし、それとは別に、菜々美は先ほどから何かしらの違和感を覚えていた。

弁護士らしく、身なりや言動から社会的地位のある人だと窺えるのだが、言葉にはしがたい何か引っ掛かりのようなものを感じるのだ。

いったい何だろうと思いつつも、彼の手元に視線を注ぐ。ごつめの手と相反するように、短く切りそろえられた爪は、清潔感を感じさせた。

一瞬、あの指で体中をまさぐられたいと思ったとたん、体の芯が熱くなった。

「あっ……」

パンティに熱い滴りが落ちてきたのだ。

(あん……ダメよ……今は仕事中)

しかし、己を律しようと思うほどに下腹部はどんどん熱を帯び、否応なく彼の手が淫らな妄想の格好のターゲットとなってしまう。

(もし、このオジサマにお尻を撫でられて……いや違うわ、もっと乱暴に……そうよ、お尻にスパンキングなんてされたら……)

菜々美は、岸部に散らされたアナルセックスを思い出す。

人生初のアナルセックス。

後ろの孔を責められながら、ベッド脇に飾られていた真紅のバラで、背中を打たれた。

打擲《ちょうちゃく》音が響くたび、菜々美を祝福するかのごとく、真っ赤な花びらがシーツに散り広がった。被虐の悦びを植え付け、痛みを凌駕する恍惚を教えてくれた。

（このオジサマは、どんなセックスをするのかしら……）

不謹慎な想いが胸奥に膨らんでいく。

（紳士的な口調で、卑猥な命令をされれば、それだけでイッちゃいそう）

トロリとした滴りが、もう一度パンティに染み入ったその時、

「君、どうしたの？」

紳士が不思議そうに見あげてくる。

我に返った菜々美は、ぎこちない笑顔を作りながら、

「い……いえ……本当に、申し訳ございませんでした。のちほど、クリーニングクーポンをお渡しいたしますので、お受け取り下さい」

再度、丁重に詫びを述べる。

「いや、必要ないよ。ところで君はこの便で終わりなの？」

「えっ？　は、はい……そうですが」

「せっかくだから、夕食でもどうかな？」

唐突な誘いに、一瞬、怯えた表情をしたのだろう、紳士は何もかもお見通しとばかりに笑みを深めた。

「大丈夫、断られたからと言って、コーヒーのクレームはつけないよ。今夜はひ

とりで夕食なんだ。出雲は何度も訪れているけど、やはり男ひとりの食事は侘しくてね」

彼の表情は、どことなく寂しげだ。

「わ……私でよければ、ぜひ」

そう答える顔が、嬉しさと恥じらいで紅潮していくのがわかった。

一時間後、午後八時。

出雲駅周辺の繁華街にある小料理屋のカウンターにふたりはいた。

「やっぱり弁護士さんだったんですね。すごいわ。司法浪人と言うんですか。弁護士になりたくて、何年も浪人して頑張っている人たちのこと聞いたことがあります。一流大学の法学部に入っても、なかなか受からないんですもの」

「いやあ、運がよかっただけさ」

「実力に決まっているじゃないですか。司法試験は、運で合格できないですよ。コネなんか利かないでしょうし」

ＣＡの制服から淡いパープルのニットとミニスカートに着替え、髪をおろした菜々美に、彼は眩しげに目を細める。

少々ふくよかなスタイルも、彼の目には好ましく映ったらしい。

名物の地酒でのどを潤しつつ、郷土料理に舌鼓を打つ。新鮮なお造りとともに鯛めしもある。特に鯛めしは、鯛のすり身にワサビを添えてお茶漬けで食べるという、出雲料理の名物だ。

出雲大社や玉造《たまつくり》温泉は何度も訪れているそうで、見どころや穴場を決して自慢げではなく、さらりと教えてくれた。

ダンディな紳士、赤月誠二《あかつきせいじ》は、いくつかの企業の法律顧問を務める五十五歳の弁護士だった。

名門C大の法科を卒業後、二回目の司法試験で合格し、大手法律事務所に所属後、独立したらしい。

「なぜ、先生は弁護士に？」

締めの鯛めしを食べながら、菜々美が訊くと、彼は少し考えた末、

「そうだなあ、まあ、若い時代の青い正義感かな」

しみじみ告げる。

「正義感……ですか？」

「ああ、現実は違ったけどな」

照れくさそうに笑った。

「もう、ずるいくらいカッコいい」

菜々美のスカートの奥がジュン……と潤っていく。かいがいしく料理を取り分ける手つきといい、てきぱきと料理をオーダーする姿といい、さすが洗練された大人の男だ。

「実は親父が鉄工所を営んでいてね、傾きかけた経営を倒産寸前で救ってくれたのが、月一万円の破格値で顧問契約してくれていた弁護士なんだ。まあ、それは何年も経ってから聞かされたことなんだけど。で……」

「正義の味方に、自分もなろうと」

「まあ、そんなところだな」

ぐびりと酒を呷る彼の猪口に酌をしながら、菜々美はますます彼に惹かれていく自分を止められなかった。

こんな素敵な弁護士さんと、甘いひと時を過ごせたら……。

(恋人の健二は相変わらず出張続きだし、岸部さんも、最近素っ気ないし……)

そう、女の気持ちがグラリと揺れるのはこんな瞬間だ。

幸い、赤月が菜々美を気に入ったのは、その昂揚した表情からも十分に見て取れる。

（私から積極的に甘えてみようかしら）

そう思った時、不意にカウンターに置かれた菜々美の手に、赤月の手が重なった。

「菜々美クン……」

「先生……」

「私が今、何を思っているかわかるよね」

赤月の手が強く握り締めた。

「あんっ……先生……ッ」

ドアを閉めるなり、強く抱き締めてきた赤月に、菜々美は困惑の声をあらわにした。

場所は、彼が泊まるホテルの一室。ダブルベッドに応接セット、木製デスクや椅子が配された高級感ある空間だ。

望んだこととはいえ、あまりにも性急すぎる展開に戸惑うばかり。が、彼は怯える菜々美の頬をひと撫ですると、軽く顎を持ちあげ、情熱的に唇を重ねてくる。

「ン……ンン」

分厚い舌が差し入れられた。

唾液に混じり、先ほど呑んだ日本酒の辛さを味覚が察知する。

強引ながらも、蕩けそうな接吻だった。無意識に、菜々美の腕が彼の背に回った。

筋肉質な背には年相応の脂も乗り、円熟した男の魅力を醸し出している。

と、その直後、

「えっ……」

指先にあり得ないはずの一本の紐が触れた。

(まさか……そんなこと……)

震えながらも、真意を確かめようとさすってみる。

「あ、あの……赤月先生……」

鼓動が高鳴った。ダンディな弁護士の秘密に、菜々美は返すべき言葉を探しあぐねた。

「バレるのは時間の問題だと、最初からわかっていたんだけどね」

抱き締めた手を離した彼は、上着のボタンを外し始める。息を呑む菜々美の前でジャケットを脱ぎ捨て、Yシャツ姿になった。

そこから透け見える淡いピンク色の物は、粉れもないブラジャーである。

驚愕する菜々美に、彼はわずかに頬を紅潮させ、

「キャビンで見た時から、君なら理解してくれると思ったんだ」

ネクタイが解かれていく。

Yシャツのボタンがすべて外された。

2

「あ、赤月先生……」

驚愕する菜々美を横目に、彼は高揚した面持ちで、シャツを脱ぎ捨てた。

日に焼けて引き締まった体軀は、淡いピンクのブラジャーさえなければ、精悍で頼もしく思えたに違いない。

もしや悪夢を見ているのではと二、三度、瞬きをするが、異様な光景が変わることはない。

目の前の紳士が身に着けているのは、間違いなく女性用下着。しかも、ほどよく隆起する胸筋と、愛らしいデザインのブラとのギャップがあまりに大きい。

菜々美は呼吸さえも忘れて、彼から目をそらせずにいた。

ぐらつく気持ちを抑えつつ、

「あ……あの……先生」

上ずった声で赤月に語りかける。しばしの沈黙のあと、彼は諦念を滲ませたように、口火を切った。

「驚かせてすまない。誰にも言えない私の趣味なんだ」

「趣味……ですか……?」

「ああ」

「女装が趣味……?」

「いや、下着だけだ」

はた目から見れば、実に滑稽な会話だろう。

しかし、堂々たる中にもいくばくかの恥じらいと、それを上回る高揚感を含む口調、それでいて欲情を増していく眼力は、ふざけた対応を決して許さぬ迫力に満ちていた。

同時に、重い空気が淫靡に染められていく。

いくぶんか落ち着いたのだろう、大きく息を吐くと、彼は言葉を選ぶように話し始めた。

「人には二種類の人間がいる。人に使われねば生きられない者と、自分の力で生きていける者だ。私は自分の力で生きている。これまで、弁護士の使命たる基本的人権の擁護と社会正義の実現にこの身を捧げてきた。半面、法曹界で生きるゆえの息苦しさも感じてきた」

弁護士の誇りと、真面目に弁護士活動をやってきたゆえに生じるストレスを赤月は訴えた。

「ある日、妻に女装癖を知られ、離婚を迫られて困っているクライアントが来た。一代で会社を興した立志伝中の人物だ。酒も女もギャンブルもやらない彼は、唯一、女装することでストレスを解消し、心身のバランスを保っていた。私は彼の気持ちが痛いほどわかった。いい父親、いい夫、優秀な弁護士であらねばならないプレッシャーが、常にのしかかっていたからね」

「……それで、女性ものの下着を？」

菜々美がおそるおそる訊くと、

「ああ、女装マニアが集う店に行ってブラとパンティを試着したら、異常に興奮した。でも、他の客たちのようにドレスや化粧やウィッグで、完璧な女を演じたいのとは違うんだ。スーツでびしっと決めている自分が、脱いだらブラをつけ、小さなパンティを穿いている。もし、予想外の事故か何かで服を脱ぐハメになったら……、もしフライト前のX線やボディチェックでバレてしまったら、私の人生はおしまいだ。そう思うと、言いようのない緊張が体の芯からこみあげてきて、仕事にも熱が入るんだよ。何とも言えない倒錯の魔力に心と身体が支配されるんだ」

彼は、呆然と立ち尽くす菜々美に潤んだ視線をよこした。

「君にコーヒーをこぼされた時、今日こそ私の人生が崩壊するかもと思った。反面、猛烈に興奮したのも事実だ。そして、慌てふためく君を見て、ふと、何か感じるものがあった。君なら理解してくれそうな気がした。君の目はどこか怯えた感じがしていたからね」

「そんなふうに見えましたか？」

「ああ、私にはそう映ったよ」

赤月は目を細める。

菜々美も、フライト中の淫靡な妄想を反芻していた。

（そうよ、彼の大きな手で体中をいじられたい、尻をスパンキングされたいなん

て、よからぬ妄想を膨らませていたの）

それが、まさかこんな展開になるなんて。

でも――

改めて思えば、実に愛おしいではないか。地位も名誉もある弁護士の隠された一面。しかも、ブラとパンティをつけることでエネルギーを漲らせ、日々、いつ見つかるとも知れぬ瀬戸際の興奮を味わっているなんて。

発覚すれば一巻の終わり。そんなことをずっと悩んでいたなんて。

「まあ……先生」

ふと、彼の股間に視線を落とすと、ズボンが突っ張り、激しく勃起しているではないか。

「すまない」

謝るそばから、ますます男根が急角度に漲っていく。

「ふふ……驚いたけれど、何か嬉しい。先生の秘密を教えてくれて」

「理解してくれるかい？」

「ええ、私もフライト中から先生のこと……ずっと気になっていましたから」

ふたりは再び唇を重ねた。菜々美は彼の背中に手を回し、ブラの線を愛おしげに撫で続ける。

「私も……服を脱ぎますね」

「あん、カチカチ……」

純白のブラとパンティ姿になった菜々美は、ベッドに仰臥した彼の隣に横たわり、股間の膨らみをズボンごしにしごいていく。

「うう……」

低く唸る彼を見つめながら、手の力を次第に強めていった。

「まだまだ硬くなってくるわ」

ペニスは生き物のようにビクン、ビクンと歓喜に躍り始める。

「脱がしても、いいわよね」

ベルトを外し股間のジッパーに手をかけた。

ジリ……ジリジリ……と、ファスナーをおろしていく。

「くっ……菜々美クン」

待ってくれとその声は告げていたが、菜々美の手が止まることはない。

肉色の亀頭が顔を出した。

華奢なパンティには収まりきらず、先端が出てしまったというわけだ。

「まあ、先生ったら恥ずかしい人」

菜々美はわざと嘲笑を浴びせる。蔑みを含ませた物言いを彼が望んでいると、本能が察知したからだ。

「く……うう」

案の定、赤月は顔をそむけながらも、興奮に鼻息を荒らげているではないか。

(この人……私以上にマゾ体質なのかも)

そうとわかれば、あとは簡単だった。菜々美自身がされたいことをしてあげればいいのだから。

「それにしても感心ね、ブラとペアのパンティを身につけるのは、女のたしなみよ」

ブラジャーを引きあげ、乳首を露出させる。

「ああっ」

赤月は手を交差し、胸元を隠す。

「隠さないで……よく見せて」

彼の腕をどかし、前かがみになると、

「美味しそうなオッパイ……」

赤茶色の小さな乳首をチュッと口に含んだ。突起をを舌で弾き、吸いしゃぶっていく。

チュッ……チュパッ……

「くうう っ……菜々美……クン」

身悶える彼の下腹をさすり、ズボンとパンティを脱がしていく。軽く尻をあげて手助けしてくれる動きが妙になれている。他の女ともこんなプレイをしているのだろうか、との思いが脳裏をめぐり、わずかに嫉妬心が沸きあがった。

いや、それ以上の興奮が菜々美を包みこんだ。男が女の下着を脱がす時の気持ちとは、こんなものだろうか。

ブラだけを残し、すべてを取り去ると、

「先生ったら……」

ますますギンギンに漲る勃起は、カリがキノコのように張り出し、スモモのように真っ赤に紅潮していた。

「どうされたいの？」

亀頭に唇を寄せ、先走り汁を垂れ流す先端にふっと息を吹きかけた。

「はうっ……くく……」

「どうされたいか、訊いているのよ」

直後、「おううっ」と、彼が情けない声をあげたのは、菜々美が思いきり陰嚢を握ったからだった。

「……可愛い下着をつけているのに、こんな醜いモノを見せるなんて、仕方のない先生。早く答えて」

肉胴に指を絡めると、

「く、咥えて……」

か細い声が響いた。

「そう、おしゃぶりしてほしいのね」

菜々美は赤月の足側に回った。両脚の間に身を置き、再度、股間に顔をうずめる。

差し伸ばした舌で、ネロネロと肉胴の裏側をなぞりあげた。

「くうっ……」

ブラ一枚になった赤月が、腰を波打たせる。数回ビクついたペニスのカリ首をぐるりと舐め回した。

「おおっ……おううっ」

潤んだ目を向ける彼に挑みかかるように、濡れた唇を先端にかぶせた。そのまま喉奥深くまで咥えこんでいく。

ジュブッ……ズブズブ……

赤月の息遣いが荒くなった。だらしなく半眼となった顔が、ペニスに与えられる圧迫で歓喜に導かれていることを示している。陰嚢を揉みほぐしながら、リズミカルに頭を打ち振り、ねっとりと舌を絡めていく。

ジュボ、ジュボボッ……!!

「ン、ン、ンンッ」

口内でさらに硬く肥え太る漲りに、菜々美は顎を右へ左へと激しく振って、暴虐じみた口唇愛撫を深める。

肌がちりちりと炙《あぶ》られるようだ。女体が火照り、ブラの中の乳首が疼いた。

「すごく興奮しちゃう」

自らブラを解いた菜々美は、軽く身を起こした。

「先生……見て、私のオッパイ……」

ぷるんと揺れる乳房を誇示するように、息を荒らげる彼を見つめた。充実した

Ｆカップの膨らみとピンク色の乳首は、自分でも自慢のパーツだ。

「……キレイだ」

赤月は手を伸ばそうとしたが、菜々美がそれを制する。

「まだダメよ。そのまま膝を抱えて、恥ずかしいアヌスを良く見せて」

初めこそ困惑していた彼だったが、やがて期待と諦めの入り混じった表情で、言われるままの体勢を取る。

五十代にしてなかなかハリのある尻だった。きゅっと引き締まった陰嚢、白髪交じりの陰毛は、放射状に刻まれたアヌス周辺にも生えている。

「こんな恥知らずな弁護士さんには、罰を与えないとダメね」

尻肉を左右に広げると、すかさずアヌスにむしゃぶりついた。にゅるりと舌を差しこんだ刹那、彼がもんどりうつ。

3

「あううっ……菜々美クンッ……！」

甲高い呻きとともに、赤月が全身を震わせた。

菜々美は肛門の粘膜を舐め続ける。両手で臀部を支えつつ、硬く尖らせた舌先で放射状の襞をこじ開ける。シワを舐め伸ばし、ほぐれた一瞬のすきを突き、ズブリと穿つのだ。

かすかなえぐみが感じられるが、不快さはない。

むしろ、彼の恥ずかしいアヌスを味わえた興奮が、じわじわとこの身を包んでいた。

クチュッ……クチュチュッ……。

「くう……くうう」

膝裏を抱えたポーズで、赤月が尻を痙攣させる。

低い唸りは、次第に切羽詰まったものになっていく。自分が主導権を握っているという事実が、かつてないほどの喜びを与えてくれる。

「ハァ……先生、ステキ……もっと恥ずかしい声を聴かせて」

陰嚢に鼻先を押しつけながら、菜々美は執拗にアヌスを刺激し続ける。

「や、やめるんだ……」

そう言いながらも、彼は崩れる膝を抱え直し、肛門を押しつけてくる。

ヒクヒクとした蠢きに、ふううっと息を吹きかけると、

「あぁっ」

赤月はブラジャー姿の身を、再度悶えさせる。

弁護士の威厳などかなぐり捨て、与えられる快楽を存分に味わっている風情だ。

しばらく肛門を責めたところで、顔をあげた。

「さあ、がまんしたご褒美に、次はオッパイをあげる」

先ほどお預けにしたFカップ乳だ。

菜々美は身を起こすと、上方へ移動する。

ギンギンのペニスにはあえて触らず、素通りすることにした。

抱えた膝を放した赤月は、こみあげる欲情を隠すことなく、揺れるFカップ乳に手を伸ばした。

「あん、待って」

そう制したのは、赤月の褐色の乳首が目に留まったからだ。ピンクのブラジャーが中途半端にずれたために滑稽さが際立ったものの、小豆のように硬い乳首は魅力的だった。

「可愛い乳首……さっきよりもコリコリね……」

菜々美は自分の乳房をすくいあげ、彼の胸に押しつける。

「あっ……」

視線の先には、赤月の胸に押されてひしゃげる菜々美の白い乳房と、ぶつかり合う四つの乳首が淫らな舞いを繰り広げている。

「あん、エッチね……先生と私のオッパイがおしくらまんじゅうしてる」

ムニッ……ムニッ……。

「むうう」

押し合うたび、四つの乳首は硬さを強めていく。菜々美の薄桃の乳頭と、赤月の褐色のそれは、競い合うようにぶつかり合った。

「……最高だ……まさか、君がここまでするなんて」

やがて、辛抱ならんとばかりに、伸ばした彼の手が乳房をギュッと握ってきた。

「あん……ッ」

手指が豊乳に沈み、乳首が卑猥にくびり出てくる。餅でも捏ねるように揉みしだいたのち、赤月の唇が乳頭に吸いついた。

「んんっ」

とたんに菜々美の体から力が抜けていく。性感が十分に研ぎ澄まされた乳頭は、唾液の生温かさと舌の感触に痛いほど尖り切っていく。

赤月は双乳を両手で絞りあげ、仰向けのまま交互にねぶり始めた。

「んん、先生のお口……気持ちいい……」

そのひと舐めで菜々美は陥落してしまう。緩急つけた吸引といい、乳首の側面まで舐める丁寧さといい、さすが熟練された大人の口舌技だ。

もはやどちらが主導権を取ろうとどうでもいい。溢れる女汁がパンティに染み入り、体内からせりあがる熱い塊が溶け落ちて、クリトリスが脈打った。

「そんなに吸われちゃうと、私……」

ばたつかせた太腿に、熱くいきり立つものがあたった。

視線を流せば、さらに猛る怒張が眼前にある。

無意識に伸ばした手が、男根をしかと握った。

「先生……舐め合いっこ……しましょうか」

菜々美はうっとりと目を細め、パンティに手をかける。

すっかり体液を吸いつくした生地を足首から取り去ると、自らシックスナインの体勢となった。

「ハァ……菜々美クン、たまらんよ……」

眼前に迫る豊満な尻をさすりながら、赤月は感嘆の声をあげる。

「アンン……」

菜々美は尻をくねらせる。

淡い照明の下、はしたなく濡れた肉の花は、淫らに蕩けているのではないか。

「ビラビラがぷっくりしてる。スケベな匂いもプンプンだ……」

甘酸っぱい匂いが濃厚にただよい、菜々美の鼻孔も卑猥に刺激された。

「ンン……先生のせいよ……立派な弁護士さんなのに、可愛い下着をつけて、オチンチンまで膨らませて……」

いきり立つものを握り締め、唇を寄せる。

野太い静脈がうねる肉塊は、張りつめたカリを真っ赤に広げ、いっそう筋張っていく。

菜々美が咥えるよりも一瞬早く、赤月の舌がワレメを舐めあげた。

「……ッああ」

まるで失禁でもしたように肉汁が噴き出し、菜々美は動くことができない。

「おお、大洪水だ」

尻丘を引き寄せた彼は、すぐさま女陰にむしゃぶりつき、音をたてて恥液を啜った。

クチュッ……クチュチュッ……！

「あんッ……先生……ッ」

菜々美も必死で手の中の男根を咥えこむ。舌を押し返す頼もしい弾力を味わいながら、スジに沿って舌を這わせ、そのまま一気に吸茎を深める。

「おおう……ほううう」

頬をへこませ、強烈な圧迫を与えると、塩気の効いた先走り汁が口内に広がった。

低い唸りとともに、赤月はさらに女陰をねぶり回す。

互いの汁を啜る音と湿った喘ぎが、室内を満たしていく。

クリトリスが弾かれた。

「あううっ」

ペニスをしゃぶったまま、菜々美の尻が跳ねると、

「そうか、ここがいいんだな」

赤月は嬉しそうに肉真珠を舐め転がし、甘噛みをくりかえす。

次第にエスカレートする赤月の愛撫に呼応して、菜々美もフェラチオを強めていく。

「あんっ……そこは……ッ」

菜々美が悲鳴をあげたのは、赤月の舌がアヌスを突いてきたからだった。

以前、不倫相手に散らされた肛門は、その後、性感帯の一部となっていた。

それだけに、わずかな接触でも敏感に反応してしまうのだ。

一瞬、動きを止めた赤月だったが、予想外の反応に、執拗に肛門を責め始める。

「菜々美クンはここが好きなんだね」

生温かな唾液を潤滑油に、舌が肛門にヌプリと挿入される。浅瀬が掘り起こされたかと思えば、苛烈な吸引が与えられた。

チュバッ……チュパパッ……。

「あう……ダメ……」

「匂いも汚れもない、キレイなアヌスだよ」

「くっ……」

もはやフェラチオどころではない。

恥ずかしさと心地よさで今にも崩れそうになる尻に力をこめ、四肢を踏ん張った。

ああ、もう限界……。

「もう、ダメです……ッ」

むんずと引き寄せられた尻に弾みをつけ、下肢を引き離した。そのままくるりと、赤月に向き直る。

体は貫かれることを欲していた。

「先生……入れてもいいですよね？」

欲情に翻弄されたまま、騎乗位の姿勢で、赤月の体にまたがる。

いまだ急角度にそそり立つペニスを引き寄せ、秘裂になすりつけた。

「うう……」

低く呻く赤月は、ブラをつけたままだ。

その姿を見るなり、菜々美に思わぬ感情が芽生えてきた。

上気する赤月の顔を見据え、太腿を大きく広げる。M字開脚の体勢だ。

「見て……私のオマ×コ……」

わざと卑猥な単語を告げ、ペニスの先端でワレメをこする。

「いっぱい濡れてるでしょう？　先生みたいな立派な人が女物の下着をつけて興奮してると思うと、私もすごく感じちゃうの」

押しつけた亀頭の先端が、花びらを掻き分ける。

「く……」

「目を逸らしちゃダメ、ちゃんと入るところを見てて……」

じりじりと尻が落ちていく。

「ッ……菜々美クン」

「ほうら、あと一センチで食べられちゃう」

肉ビラがこじ開けられた瞬間、菜々美は一気に腰を沈める。

ズブッ……ズブズブッ……ジュブブッ……！

「はうッ……」

「おおう、おおぅおおおおっ」

4

「アンッ……先生……ッ!!」

猛々しく反り返った赤月のペニスは、菜々美の膣道をまっすぐに貫いた。

「く……奥まで入っちゃった」

菜々美は、うっとりと吐息をつく。

溢れる愛蜜に後押しされるように、粘膜をえぐり、内臓を圧しあげ、今もじりじりとその侵入を深めてくる。

「ああ……すごい。おヘソの位置まで届いてる感じよ」

狂おしいほど甘美な圧迫に、しばし腹を押さえたまま、恥肉を割り裂く衝撃を嚙み締めていた。

「そんなデカくないよ」

赤月は苦笑交じりで言う。

しかし、悪い気はしないはずだ。いくら女性ものの下着をつけていても、堂々たる大人の男。根底には、オスの本能を持ち合わせているのだから。

騎乗位の姿勢で、菜々美は徐々に腰を使い始めた。

クチュッ……ニュブッ……。

湿った水音とともに、互いの性器が吸いつき合う。

「うう……たまらん、襞が絡みついてくる。可愛い顔して、菜々美クンは小悪魔だな」

赤月は、根元までズッポリ呑まれたイチモツをヒクつかせながら、興奮をあらわにする。

低く放たれた彼の声音に、少なからず被虐の念が含まれていることを、菜々美は見逃さなかった。

さらに、サディスティックな気持ちが高まっていく。悩ましげにくねらせた豊尻を、亀頭ギリギリまで持ちあげた。

濡れた陰毛のあわいから、ハメこまれた肉幹が顔を出しているはずである。

体を前のめりにさせると、菜々美の位置からも、卑猥な結合部がまじまじと見える。

女汁をこびりつかせた赤月のペニスは、ひときわ野太い静脈を浮き立たせ、淫靡にヌラついている。

甘酸っぱい誘惑臭も手伝って、菜々美の心にいっそう加虐の血がたぎっていく。

「ほうら、ちゃんと見て……先生のモノが呑みこまれていくところ」

引きあげた腰が、ゆっくりとおろされる。

ズブッ……ズブズブッ……。

「ぉ……おおぅ」

膨らんだ花びらとともに、ペニスは熟蜜の底に沈み、やがて姿を消した。

「ン……先生のオチンチン……全部食べちゃった……」

ぐりぐりと肉を馴染ませながら、菜々美はうっとりと鼻を鳴らす。

赤月も昂揚した面持ちで、結合部を凝視している。

「目を逸らしちゃダメよ。私たちが繋がっているところ、ちゃんと見ててね」

赤月の腹に軽く手を添えた菜々美は、豊満な尻を振り始めた。

律動は徐々に速まっていく。

最初はリズミカルな上下運動。そして、前後左右に腰を使い、ペニスの側面をも刺激する。とどめはグラインドだ。

ハマったペニスを支点にぐるりと三百六十度、腰を回転させると、凝縮した膣肉が攪拌されていく。

乳房を弾ませ、玩具さながらに、あらゆる角度と深度で女の欲望を満たしていくのだ。

「ハァ……当たってる。子宮にズンズン響いてくる……」

打ちつけるたび、硬さを増す赤月の肉棒に、菜々美は歓喜の喘ぎをあげ続ける。

もとより、足腰が丈夫なＣＡである。

底なしの欲望も手伝って、ありとあらゆる角度で尻を振り立て、ペニスを貪った。

と、腰を落とすタイミングを見計らい、赤月も下から突き上げてくるではないか。

「ッ……ああンッ」

不意打ちに、女体が跳ねあがる。

腰の動きは止まらない。

衝撃のたび、愉悦の痺れが背筋を這いあがり、ビリビリと脳天を刺激する。

頬を引き攣らせ、唇を歪ませながらも、漏れ出るのは、確かな悦楽の喘ぎだった。

パンパンッ、パパパン……ッ!!

卑猥な粘着音は、いつしか湿った肉を叩きつける音に変わっていた。

恥骨がぶつかり、苛烈な電流が脊髄を駆け抜ける。体の芯から湧きあがる喜悦に、菜々美は体を激しく震わせた
「ハァ……もう限界……」

ぐったりと胸元に倒れこむ菜々美を優しく抱きとめ、赤月は背中をさすってくれる。

互いの熱い呼吸だけが、室内を満たしていた。

いくぶんか落ち着きを取り戻したところで、赤月が結合を解いた。

「あう……」

ふさがれていた菜々美の濡れ溝が空洞となり、冷気がひんやりと撫でてくる。

赤月は、体から菜々美をおろし、ベッドに仰向けにさせると、

「攻守交代だな」

と告げ、上になった。

次いで、転がっていたマクラを掴むと、菜々美の尻の下に敷いた。

尻が浮いた分、肩甲骨あたりに体重がかかる。

なだらかに盛りあがる下腹には、情交の余韻に浸るかのように、濡れた性毛が張りついていた。

「く……」

赤月は両脚の間に身を置くと、太腿を掴み、M字に押し広げた。

あらわになった女の秘口をしげしげと眺める彼を見つめながら、一度は落ち着いた菜々美の発情も、再び徐々に高まりつつあった。

「菜々美クンのアソコは、まるでエロティックな食虫植物だな。肉厚の花びらが真っ赤に充血して、こんなにヒクヒクさせて……早く入れてほしいって訴えてるよ」

したり顔でそう告げてくる。

「さあ、今度は私の番だ」

赤月は、反り返るペニスを片手で支え持つと、充血したワレメに亀頭を押しつけた。

「ンン……ッ」

熱く硬い漲りだった。

亀頭は愛液をまぶすように、ワレメを数回往復する。

花びらの中心に狙いを定めると、一気に腰を入れた。

「ひっ……ハアア……ンンッ」

怒濤の一撃に、菜々美は身を大きくたわませた。

怒張がやすやすと子宮口まで到達した瞬間、被虐の身へと逆転してしまう。

「ハァ……バツグンの締めつけだな」

赤月は菜々美の膝裏を引き寄せると、すぐさま、ピストンを開始した。

ドリルさながらに斜め上から膣肉をえぐり、引き抜く際は、カリのくびれで逆撫でする。

角度がある分、打撃力は強固だった。強靭な肉の杭の殴打に、菜々美は腹の底から嬌声を放ち、苦痛一歩手前の快楽を全身で味わった。

ズニュッ……パパパンッ……!!

「ヒッ……あぁっ」

穿たれるごとに体内で小さな爆発が起こり、こみあげる快楽の渦が、思考を混濁させる。

溢れる肉汁が内腿を濡らし、飛び散る汗が照明に光った。

シーツを握り締めながら、菜々美は間もなく訪れるであろう大波を予感した。

「ッ……いいの……先生のオチンチン……すごくいいの」

女体が痺れと浮遊感に包まれていく。

「もうイキそうだ」

赤月は邪魔だとばかりに、胸元のブラを引きちぎった。

突如、菜々美の両脚を肩に担ぎあげると、前のめりのまま執念ともいえる渾身の乱打を浴びせてきた。

一瞬、息が止まる。えぐるほどに深々と肉の拳が叩きこまれ、くの字型に屈曲した女体が大きく波打った。

担がれた脚が爪先までピンと伸び、下腹が異常なほど熱く痺れている。男根を食い締める女粘膜が、猛烈な緊縮を強めていく。

ああ、絶頂の波がもうすぐ来る。

「ハァ……イキます……先生、イク……ァア……ハァアアアウッ」

「俺もだ……イクぞ」

峻烈な胴突きが浴びせられた。

「出る、出る……菜々美の膣内《なか》に濃いのをぶちまけてやる……くううっ」

ふたりの咆哮がひときわ大きく放たれた瞬間、

ドクン、ドクン、ドクドク……！

膣奥で勢いよくほとばしるザーメンの噴射に、菜々美は全身で女の悦びを味わった。

「ンン……」

誰かに揺り起こされたような気がして、菜々美は深い眠りから目覚めた。

枕もとの時計は、午前二時半を指している。

(丑《うし》三つ時……もしかしたら、出雲の神様が起こしたのかしら……なんてね)

窓の外はまだ闇が迫っている。

神の国・出雲の日の出までは、もうしばらくかかりそうだ。

(そう言えば、出雲大社って縁結びの神様なのよね……この出逢いも大国主命《オオクニヌシノミコト》が与えてくれたのかも)

横を見ると、満足げに寝息を立てる赤月の姿。おまけに、ベッドの端には彼のブラジャーが丸まっている。

(ふふ……困った弁護士さんね)

紳士の無防備な寝姿に、菜々美は頬を緩める。

そっと口づけをすると、精悍な男の香りが鼻孔をくすぐった。

第六章　機長の命令

1

「おはようございます！」

朝六時、ロングヘアをなびかせながら颯爽と出社した理子は、上機嫌でデスクの男性に笑顔を向ける。

心浮き立つのには理由があった。久しぶりに長崎ステイが入ったのだ。

セクシーなエキゾチック美女と賞賛される理子にとって、異国情緒あふれる長崎の街は思い入れが深い。

オランダ坂にグラバー園、稲佐山《いなさやま》の夜景も堪能しなくてはと心弾ませ、今日のフライトに臨んだのである。

ファッションは、春を先取りしたレースのワンピース。ランジェリーも洋服に合わせた可憐なサーモンピンクだ。

Tバックショーツとおそろいのブラはシルク製で、Fカップのバストとハリのあるヒップを、より魅力的に見せてくれるはずである。

（新しい服だと気分もあがるわね。さて、今日のフライトメンバーは……と）

デスクにあるCA七名、パイロット二名の名前が記されたメンバー表に目を通すと、黒木やよいの名が目に入った。

（あ、やよい先輩がパーサーなのね）

理子はふっと微笑んだ。

フライト歴十五年の人妻CA・やよいが一緒だと何かと心強い。

三十五歳という年齢が信じられないほど若々しく、口許のホクロがセクシーで、訓練教官も務めるだけあって肝も据《す》わっている。

頼りがいのある十歳年上の大先輩だ。

実は、CAにとって同乗するメンバーはとても重要なのだ。口うるさいお局様《つぼね》に当たったら、それこそ「ハズレ」と泣くしかない。

（あら？）

と、コックピットクルー（パイロット）の欄に目が留まる。

キャプテン《機長》とコ・パイ《副操縦士》の二名だが、理子が気になったのは、キャプテンである国井久雄《くにいひさお》のほうだ。

確か、自衛隊出身の敏腕パイロットで、年齢は四十五歳。

理子が入社するかなり前だが、着陸前のギアが出ないという緊急事態に、冷静な判断力と、確かな技術で胴体着陸を決めたパイロットである。

同乗したことこそないが、名前だけは知っていた。

(どんな人か楽しみだわ)

検索すれば一発でわかるものの、それは会ってのお楽しみ。

足取りも軽やかに、更衣室へと向かった。


「……で、今日は羽田から三沢往復で、長崎泊まりの三フライトだ。ところどころ雨雲があるみたいだから、ドリンクサービス開始は、僕の指示に従ってください」

乗務員全員が集まってのミーティング。制服姿のCAたちは、きびきびとフライトインフォメーションを告げる国井キャプテンの言葉を聞き漏らすまいと、一心不乱にメモを取っている。

そんな中、理子だけが彼を品定めするように、じっと見つめていた。

(いい男じゃないの)

中肉中背、制服の上からでも引き締まった体軀が見て取れる。

浅黒い肌に、きりりとした太眉。彫の深い端正な面差しは、パイロットの制服と制帽の「制服マジック」を差し引いても高得点だ。

(やだ……私ったら)

理子は尻をもじつかせた。

Tバックショーツにトロリとシミが落ちてきたのだ。

最近、セックスとはご無沙汰だった。フライト中は、常に好みの男を物色しているのだが、ここ最近は逆ナンパしたくなるほどのタイプに出会えていない。

理子は男性ふたりの左手をこっそり見た。当然のように結婚指輪が光っている。

(やっぱりね……)

そう、高給取りであるパイロットは、とかく結婚が早い。

パイロット訓練生、通称「パイ訓」時代に地上職の女たちに目をつけられて、さっさと結婚してしまうことが珍しくない。

「では国井キャプテン、鈴木《すずき》さん、本日はよろしくお願い致します」

ミーティングが終わり、パーサーのやよいが一礼すると、CA一同それに倣《なら》った。

理子も慌てて頭をさげると、

「おいおい、そんな堅苦しい挨拶はやめてくれ。もっとイージーに、イージーに」

国井は鷹揚に笑い、次いで、

「それとも何か、ちゃんぽんで有名な長崎便だけに、ちゃんぽ挨拶したのか、なあんてな。ははははっ」

大口開けて笑う国井に、隣に立つ鈴木が顔を引き攣らせている。

可哀そうに、キャプテンのオヤジギャグを笑うべきか、ツッコミを入れるべきか、返答に窮している。

ＣＡたちも皆、直立不動で固まっている。

理子もポカンと口を開けたところで、

「さすがです！」

まっさきに反応したのがやよいだ。

「国井キャプテン、今日もギャグが冴えてますこと！」

満面の笑みで、すかさずヨイショする。

それをきっかけに、ＣＡたちがクスクスと笑いだす。もちろん、失笑であろう。

しかし、場は一気に和み、国井はギャグがウケたと満足げである。

理子だけが茫然としたまま、立ちつくしていた。

(何なの……このキャプテン……)

もはや、失笑する気すらおきない。淀んだ空気が漂う中、みんな揃って微笑んでいるのが、何ともうすら寒い。

「では今日も安全運航でゆくぞ。アンゼン、アンゼン、アンデルセンにスタン・アンゼン、じゃなくてハンセン!」

国井がパイロットバッグ片手に、駐機場へと向かう通路を歩き始めると、皆もぞろぞろとついていく。

(ちょっと待って……これでいいの?)

もしかして、彼こそが厳しいとは異なる意味でのだが、「ハズレ」なのではないか。理子は困惑したまま、あとに続いた。


「ふう、お疲れさま。三便とも無事終わってよかったわね」

フライトを終え、宿に向かうタクシーの中、やよいが後部座席の横で話しかけてきた。

「ええ、揺れも少なかったですし」

理子はそつなく返すが、気はそぞろだった。キャプテンのオヤジギャグで調子が狂ったのか、いつも以上に心が疲労していた。そのせいとは思いたくないが、Tバックの食いこみ具合が居心地悪く、尻をもじつかせてしまうのだ。

（あん……困ったわ……）

今も、右に左に尻をくねらせていると、

「理子さん、どうかした？」

やよいが不思議そうに訊いてくる。

「い、いえ……それにしても、長崎の街並みはキレイですね」

うまくごまかしたが、流れる車窓の風景を眺めるうちに、何とか食いこみの違和感が薄れてきた。

異国情緒あふれる長崎の街並みは美しく、道行く女性も洒落ている。人間、美しいものを見ると、無条件で心が華やぐものだ。

宿は、長崎市内にある白亜のホテル。緑の木々が優しく調和した最高のロケーションである。理子が楽しみにしていたグラバー園やオランダ坂、亀山社中記念館の他、世界新三大夜景に選ばれた稲佐山展望台もそう遠くないとあって、心は浮立つばかりだ。

午後の陽だまりの中、しばし風景に見惚れていると、やよいが、

「そうそう、国井キャプテンに夕食に誘われたの。CA全員で来るようにって」

「えっ？」

「男だけの食事じゃ味気ないらしいの。長崎名物の卓袱《しっぽく》料理のいい店があるんですって。お願い、来てくれるわよね？」

やよいは拝みポーズを作る。

「で、でも……キャプテンたちは別のホテルに泊まるんじゃ……」

通常、CAとパイロットのホテルは別々にされる。名目上は、「勤務パターンの相違」だが、要は同じホテルに宿泊し、不適切な関係にならぬようにという会社側の思惑である。

この業界では、ドロ沼の三角関係はもちろん、ひとりのパイロットを巡り、正妻である元CAと、愛人の現役CAが火花を散らすことも珍しくないのだ。

「今回はキャプテンたちのホテルが改装中みたいで、同じ宿なんですって」

「……そうなんですか」

「ねえ、いいでしょう？　後輩たちも、みんな楽しみにしてるみたいよ」

「あのオヤジギャグ連発のキャプテンのお誘いにですか?」

「あら、国井キャプテンって人気あるのよ。腕はいいし、着陸もうまい。一緒にいて楽しいし、あの通りイケメンでしょう?」

ことをもなげに言うやよいに、「それを上回るギャグセンスの無さはどうなんでしょう?」と喉まで出かかった言葉を、すんでのところで呑みこんだ。

「せっかくですが、久しぶりの長崎ステイですし、ひとりでゆっくり観光したくて」

「観光は次回でもいいじゃない。お願いよ。美人の理子さんが来ないと彼らも納得しないわ」

ほめ殺しについ、うなずきそうになるが、そうは問屋がおろさない。

「……でも、長崎散策のためにお洋服も新調してきたんですよ」

「なおさらキャプテンたちが喜ぶわ。セクシーな理子さんの新しい洋服、私も見たい」

やよいは口許のセクシーぼくろをキュッとあげる。それは有無を言わさぬ威圧感に満ちていた。

どこまでも食いさがるベテランCAに勝てるはずもなく、結局、皆で夕食を摂るハメとなった。

「ふうう、もうお腹いっぱい」

名物の卓袱料理に舌鼓を打ち、締めのちゃんぽんを平らげた午後七時。

私服姿のＣＡたちが、満足げに腹をさすった。

酔いも手伝って、誰もが長崎の夜を堪能しているかに見える。

「卓袱料理を満喫し、みんなしっぽく濡れようか、長崎は今日も雨だった、だからね」

国井は得意満面に笑えないジョークを連発し、それに周囲は大笑いという、典型的な縦社会の図式が成り立っていた。

食事中も「カトちゃん、ペッ」だの「コマネチ」だの化石のようなギャグをかましては、皆を笑わせている国井のどこが魅力なのか、理子はてんでわからない。

「よーし、これからみんなでカラオケでも行こうか」

デニムにセーター姿の国井が声を張りあげると、

「賛成！」

「キャプテン、デュエットしましょうよ」

ＣＡたちは大はしゃぎである。

（えっ、まだ終わらないの？）

理子が呆気にとられていると、やよいがこっそり耳打ちしてきた。

「ねえ理子さん、カラオケで『メリー・ジェーン』がかかったら、国井キャプテンとチークダンスを踊ってくれるかしら。これ、長年のお決まりなの」

（全くもう……）

2

結局、断りきれず、理子はカラオケに参加するはめとなった。

長崎市内のカラオケ店、広々としたＶＩＰルーム内にはＡＫＢ48の曲が大音響で流れ、ミラーボールの光が注ぎ、後輩ＣＡたちはフリ付きで歌って大はしゃぎである。

私服のミニスカやパンツルックで歌う姿は、いつもの清廉さなど想像できないほどの変貌ぶりである。

「理子センパイも歌いましょうよ！」

ステージ上でマイクを握る後輩のひとりが、ソファーの隅にいる理子を誘うと、

「そうですよ、そのセクシーなピンクのワンピースで踊ってほしい！」

別の後輩も腰をフリフリ、笑顔を向けてくる。

「わ……私は、あとでいいわ」

その場を取りつくろうように、理子はバーボンソーダのグラスに口をつけた。

ＣＡ七名とパイロット二名――合計九名がカラオケを始めてから、すでに一時間が経過していた。

理子を除く八名は、歌に合わせ、手拍子やタンバリンで大盛りあがり。広いＶＩＰルームには大歓声が飛び交っている。

キャプテンの国井も、ここぞとばかりに持ち歌を披露している。

四十五歳という年齢にもかかわらず、ＥＸＩＬＥやジャニーズアイドルの最新ナンバー、はたまた得意の英語で洋楽を歌い、ＣＡたちはやんやの大喝采を送る。

癪に障るほどの美声で、よけい苛立たしい。

（もう、キャプテンたらいい気なものね……）

盛りあがる一方の周囲に反し、理子はため息をつくばかり。

先ほど、大先輩のやよいに言われた「メリー・ジェーンがかかったら、キャプテンとチークダンスを踊ってね」というミッションが頭から離れないのだ。

(ああ、気が重いわ……)

ただでさえセンスの無いダジャレを聞かされて、フライト中から調子が狂ってしまったのだ。彼がつまらないオヤジギャグを言い、皆が大笑いするたび、何とも言えぬ悪寒が背筋を走る。

当のやよいはと言えば、飲み物のオーダーや、リクエスト曲を入れたりと、裏方に徹している。

なるほど、このような場面では若い後輩に主役の座を譲り、キャプテンたちに大いに楽しんでもらおうという算段だ。

(これじゃ、高級クラブのママが若いホステスを使ってお客をもてなす図じゃないの)

心の中で舌打ちする理子が三杯目のカクテルに口をつけた時だった。

急に暗くなった室内に、聞き慣れたイントロが流れた。

「おお、『メリー・ジェーン』じゃないか!」

国井がはしゃいだ声をあげる。

理子がチラリとやよいを見ると、ウィンクを投げてくる。蠱惑的な微笑みの裏では「うまくやるのよ」との威圧的な業務命令が含まれている。

「さて、今夜は誰が僕のチークのお相手をしてくれるのかな？」

国井がＣＡたちを見回すと、やよいが理子の背中を押して、ステージ上へ誘導する。

「今日は野村理子さんですよ。キャプテンとご一緒する長崎ステイのために、このセクシーなレースのワンピースを買ったんですって」

何とも調子のいいことを言ってくるではないか。

「えっ……違います。確かに長崎ステイのためですけど、国井キャプテンのためじゃ……」

「いやあ、感心感心。ＣＡの鏡だ」

聞く耳持たず状態の国井は、少年のような笑顔を見せてくる。

「いえ……だから、違いますって……」

「さあハニー、一緒に踊ろう。こっちにおいで」

国井が理子の手を取ったところで、タイミングよく副操縦士の鈴木が歌い始めた。

（ああん……もう）

腰をぐっと引き寄せられ、理子と国井がチークダンスの体勢となる。

「キャッ、お似合いです〜！」

「本当、嫉妬しちゃう」

後輩たちから冷やかされ、理子はぞっとしながら踊り始める。

（あん、オッパイが……）

中肉中背だが筋肉質な国井の胸板に、理子のFカップの乳房が密着した。

心なしか、ブラの中の乳首がジンと痺れてくるが、彼はさらに理子を抱く手に力をこめてきた。

「あん……キャプテン、困ります……」

「恥ずかしがらなくていいよ、ぼかあ、君といる時が一番幸せなんだ」

指を絡めながら、加山雄三ばりに耳元で囁いてくる。

（もう、これってセクハラじゃないの）

再度やよいを眺めると、ニッコリと笑みを送ってくる。

後輩たちは一時休憩とばかりに、お喋りに興じている。

（完全にハメられたわ。私はキャプテンのご機嫌を取るためのスケープゴートってこと？）

一曲踊ったら帰ればいいわ、と思いながらヤケになって、彼の体に腕を回した。ミラーボールの光がキラキラと輝く中、互いの胸板がいっそう密着し、下腹にも圧がかかる。

ゆらゆらと揺れながらチークダンスを踊るふたりは、傍から見ればいいムードだろう。

と、不意に、国井の太腿が理子の両脚の間に割り入ってきた。

(えっ……？)

理子はギョッとなる。

一瞬、腰を引こうかと試みたが、体が動かなかったのは理由があった。大胆なハレンチ行為に加えて、下腹に当たる国井の股間が異常に硬く、しかも今まで出会ったどの男性よりも大きかったからだ。

厚いデニムを履いていてもこの状態である。

と言うことは――。

(もしかして……まれにみる巨根……？)

理子はさも偶然を装って、もう一度、太腿でぐいと押してみるが、やはり堂々たる存在感。冴えないギャグセンスの十倍、いや百倍の価値はある。

セクシーハンターの異名を取る理子の下半身が俄然、疼いたのは言うまでもない。

女の体とは実に現金なもので、あれほど毛嫌いしていた男が、すでにセックスの対象者となっている。

(下腹が疼くだけに、まさに『禍福はあざなえる縄のごとし』ね。やだ……私までオヤジギャグを言ってどうするのよ)

自分へのツッコミはさておき、甘い吐息を彼の耳に吹きかけ、乳房を押しつけながら、

「キャプテン……いつもこうやってCAを口説いてるんですか?」

少しすねたように訊ねてみる。

すかさず、

「君の魅力のせいだよ。僕の操縦桿がカチカチで、制御不能だ。今夜は理子クンのボディに緊急着陸してもいいかな?」

なんともベタなギャグで口説いてくる。

理子とて負けてはいられない。

抱かれたい気持ちがゼロではないが、尻軽女とは思われたくない。

「残念ながら管制塔からの許可がおりていません」

こんな場合はギャグで応戦である。

「では、君の体をハイジャックする」

またも見事な切り返しである。

「いや待て、ハイジャックはフェアじゃないな。安全運航で行こう。激しい腰振りの乱気流を抜けて、理子クンの裸の滑走路に無事着陸。アクメ回数はオーバーランさせるかもしれないな」

理子はぷっと吹きだした。

オヤジギャグもここまでくれば、何も言えない。しかも、ますます硬さを増すペニスが、久しく男に抱かれていない体をダイレクトに刺激してくる。

(ああ……熱いわ……どうしよう)

粘つく愛蜜が下着に落ちてくる。

Tバックに滲んだシミが、ワンピースまで染みていないだろうか。

湿った吐息をつく理子の変化を察してか、国井はさらに熱っぽく囁いた。

「今夜は僕だけのプライベートCAになってくれるよね」

「もう……キャプテンたら……」

「機内食より、君の極上ボディを食べたいんだ」

理子の内腿に密着した巨根が、ビクンと打ち震えた。


「あん……キャプテン……」

二時間後、理子は国井と唇を重ねていた。

ステイ先のホテルの国井の部屋である。

（さすがキャプテンだけあって、広々とした部屋ね。ベッドも大きいし、夜景もキレイ……）

室内は重厚なソファーセットやデスク、ベッドが設えられ、なおかつ高層階とあって見晴らしもいい。

「理子クン……」

国井の舌が差し入れられると、理子も迷わず舌を絡める。

甘やかな唾液を行き来させながら、理子の背中に回した彼の手が流れるように、ファスナーをおろしてくる。

「あっ……」

パサリ……と音を立てて、ワンピースが落ちた。

「おお……チークダンスをしてた時から見事なプロポーションだと感じてたけど、まさかこれほどセクシーだとは……」

　国井が感嘆の声をあげる。

　窓ガラスに反射する自分を見ると、確かに理子自身さえうっとりするほどの妖艶さだ。

　新調したランジェリーは、ワンピースと同色のサーモンピンク。たわわなFカップの乳房を上品なシルクが包み、胸の谷間も艶めかしい。肉厚ながらも引き締まったヒップを彩るのは同色のTバックパンティ。ハリのある太腿から続く脚線美は、エナメルのハイヒールでいっそう際立っている。

「見違えたよ」

「私ばかり脱がされて恥ずかしいわ……キャプテンも脱いでください」

　いよいよ巨根が拝めるとあってか、少々息が熱くなる。

「脱がしてもらっていいかな」

「ええ、キャプテン……」

　理子は膝をそろえて国井の前にひざまずく。ベルトを外し、ファスナーをおろすと、すでにパンパンに膨らんだペニスが下着を突き破らんばかりに唸りをあげている。

「アン……おっきい」

理子は下着ごしに手のひらで包みこんだ。手に収まりきらないイチモツは、ドクドクと脈を打ち、時おりビクンと押し返してくる。

「すごいわ」

胸奥を震わせながらデニムの両脇を摑み、下着ごと一気におろした。

3

ぶるん――!!

ランジェリー姿の理子の眼前に、野太い男根が飛び出した。

思わず目をみはった。バネ仕掛けのごとく撥ねたイチモツは、ゆうに二十センチはあるだろうか。大蛇のようにカリ首を広げ、尿道口から噴き出したカウパー液で淫靡にヌメ光っている。

まさに巨根……いや、肉の凶器。

デニムごしで触れた印象より、はるかに長大なのだ。

「これが……国井キャプテンの……」

ペニスは黒光りさせながら、時おり威嚇するようにビクンとしなり、理子を睥睨しているかのようだ。

自然と、Tバックパンティに包まれた理子の女陰がヒクついた。

（これがアソコに入っちゃうなんて……）

疼きというより、畏れに近い感情である。

興奮と不安が入り混じったため息をつく。

処女喪失の時の、体を割り裂くあの衝撃がよみがえってきた。

とはいえ、セクシーハンターを自認する理子にしてみれば、やはり一度はお手合わせを願いたい魅力に満ちている。

当の国井は、「何を今さら」といった調子で、

「まあ、男たるもの、デカいと言われて悪い気はしないよ」

あくまでもマイペースを貫いてくる。

おまけに、巨根とはいかにも不釣り合いな爽やかな笑みまで返される始末。

と、理子はハッとなる。

（マズイわ。これじゃ、またキャプテンのペースじゃないの）

フライト前のミーティングから散々調子を狂わせられた分だけ、元を取らねば

気が治まらない。

　ならば――

「キャプテン、失礼します」

　甘い声とともにペニスの根元を握り締め、うっとり微笑んだ。

「熱い……ドクドクって、手の中で唸ってる」

「さあ、好きなようにしゃぶってごらん」

　国井は腰を突きだし、フェラチオを要望してきた。

「もう……ワガママなんだから」

　呆れ口調で言ったものの、たっぷりと舐めるつもりだった。

　きっと「大きい」と女たちに賞賛され続けた自慢の一物なのだろう。ならばここで濃厚なセックスを味わわせ、私を忘れられない一夜にしてあげなくちゃ――

　そんな甘くも激しい闘争心がふつふつと湧いてくる。

「ほら、遠慮しなくていいよ。セクシーな理子クンに早く食べられたいんだ」

　再び、手の中でペニスが打ち震えた。

「キャプテンもここも……堪え性のない……」

　理子は唇を近づける。

差し伸ばした舌で、先走り液が滴る亀頭の裏をチロリ……と舐めあげた。

「お……おおう」

快感を噛み締める国井の声を聴きながら、ゆっくりと唇をかぶせていく。

ズブッ……ズブズブッ……

「ンン……くうっ」

Oの字に開いた口は、そのまま中ほどまで呑みこんだ。つるりとした亀頭と、舌を押し返す弾力がたまらない。それよりも、何という太さだろう、今までのフェラチオでは考えられぬほど、顎の関節がぐっと押し開かれた。

これぞ、嬉しい悲鳴だ。

ランジェリー姿で、かつて味わったことのない雄々しいペニスを咥えている現実が、さらに淫心を煽ってくる。

「アン……美味ひい……おっきい」

長さがあるため、しっかり握り締めた根元をしごきながら、裏スジを圧し舐め、エラのくびれをつつき、吸い立てた。

「うう……気持ちいいよ」

懸命にフェラチオを浴びせる理子に、国井は惜しみない喘ぎを放ってくる。

優しく頭を撫でてくる手が、どうしようもなく愛しい。

アイスキャンディのようにペロペロ舐めるたび、肉棒はいっそう熱くなり、理子の口中で鋼のように硬さを強めてくる。

「ンン……もっとギンギンになってきた」

ずしりと重い陰嚢を、もう一方の手で支え持ち、包皮の剝けきった剛棒をしゃぶり続ける。滴り落ちるしずくをすくい取りながら、愛情たっぷりに首を打ち振った。

ズジュッ……ズジュジュッ……

心持ち顔を傾け、産毛の生えた陰嚢を口に含み、飴玉のように転がしていく。

「感激だ、タマも舐めてくれるのか」

濃い性臭を胸いっぱい吸いながら、伸ばした舌先を、蟻の門渡りまで届かせた。

「ハァ……たまらないよ」

理子が舌を躍らせるたび、国井は腰を震わせ、愉悦の唸りを漏らした。快楽が連鎖したのか、理子も甘く鼻を鳴らしながら、気づけば尻を揺すっていた。

（ハァ……早く欲しい……）

国井がさっと腰を引いたのは、しばらくしてからのことだった。

「次は理子クンを味わわせてくれ」

「ハァ……キャプテン……」

国井は素早く衣服を脱ぐと、ベッドに横たわる理子の体に覆いかぶさってきた。首筋に唇を押しつけながら、慣れた手つきで乳房を揉みしだき、ブラを引き下げてくる。

「アン……」

ぷるんとFカップの乳房がまろび出た。

「最高だ。大きさといい、形といい、極上のオッパイじゃないか」

彼は少年のようにむしゃぶりつく。

膨らみを包む両手は、若い弾力を存分に味わうかのように、やわやわと揉み捏ねる。唾液をまぶしながら蠢く舌先は、ツンと勃った乳首を何度も弾いた。

「くっ……気持ちいい」

「僕が巨根なら、君は巨乳……いや、ボインちゃんと言ったほうが色っぽいな」

「ン……もう……」

ベッドでのお笑いは禁止よ、と思いつつも、体は敏感に反応していく。国井の愛撫は、理子が思う以上に繊細なうえ、中年ならではのねちっこさもある。上にのしかかりながらも、全体重をかけない配慮もなされている。

相手の反応を見ながら、時に荒々しく、時にソフトに……その絶妙な力加減は、瞬く間に二十五歳の体を骨抜きにした。

「ハァ……乳首だけでイッちゃいそう」

理子は汗ばむ総身を何度もよじらせ、引き攣れた喘ぎを漏らしながら、恍惚に浸りきった。

Tバックパンティの中は、すでに大洪水だった。鼻孔に忍びこむ甘酸っぱい女の匂いも、次第に濃くなっていく。

国井も興奮を隠さない。理子の内腿に押しつけた長くて太いペニスは、夥しいカウパー液を噴きだし、艶やかな肌を淫靡に濡らしてきた。

(あん……早く入れてほしい)

飢餓感にも似た感情が、否応なく倍加していく。愛液を吸収したパンティの食いこみも激しくなり、いよいよ我慢に限界が来そうだ。

(こうなったら私からアプローチよ)

体勢を整えると、ペニスを内腿で挟み、きゅっと締めつけた。

「おっ……おお」

「ふふ……素股プレイって言うのかしら」

次第に力をこめて、剛棒をしごきつつ、

「エッチなお汁もいっぱい出てきた……ねえ、早く入れてほしいの」

可愛くおねだりもする。

しばし、内腿でスリスリしていると、

「わ……わかった。その前に、理子クンの可愛いアソコを舐めさせてくれ」

乳房から顔をあげた国井は、下半身に移動し、両脚の間に陣取ってきた。

股間に顔を寄せると、

「んん……パンティごしでも、クリちゃんがぷっくりしてる」

熱っぽく言いながら、理子のパンティの両脇に手をかけ、さっとおろしてきたのだ。

「アン……」

「おお、びしょ濡れじゃないか。ビラビラをこんなに濡らして、悪い子だ」

愛液を吸収しきったパンティを足首から抜き取ると、手にした下着をクンクンと嗅いでいる。

「ほお、これが理子クンの匂いか。酸味が強くて、フェロモンたっぷりだな」

「い、いや……キャプテンったら」

恥じ入る理子を翻弄するかのように、国井は次々に「スケベなマ×コ」だの「メスの匂いがきついな」などと言って、羞恥心を煽ってくる。

が、濡れたワレメに熱い吐息がかかった刹那、理子はゆっくりと瞼を閉じた。

見られている羞恥と快感に肌が火照り、子宮がジンジンと痺れていく。

次の瞬間、待ちわびた国井の舌先が、そぼ濡れる理子のワレメをねっとりと舐めあげた。

ピチャッ……ピチャピチャッ……

「ッ……くううっ」

絞るような悲鳴を放つ理子にダメ押しするかのように、すぐさま舌先はクリトリスをピンと弾く。

「アアッ……」

背筋に快楽のぞわぞわした感覚が這い昇る。

「まだまだ溢れてくるよ」

国井は満足げに告げると、再び強烈なクンニリングスを浴びせてきた。

花びらを吸い、時に甘噛みを与え、クリトリスを弾く。包皮を剝いてはかぶせ、かぶせては剝き、そのたび理子は細い顎を仰け反らせながら、下肢を波打たせた。

「ハァ……蕩けちゃう」

呼吸さえままならぬほど、その巧みな舌と唇による愛撫は、早くも理子を絶頂へと押しあげていきそうだ。

(彼はいつもこんなふうに、CAたちとセックスしてるの――?)

カラオケでの同僚の顔が次々と浮かんでくる。しかし、次の言葉で途中で断たれた。

「指も入れるよ。舌と指とのダブル責めだ」

言うなり、充血した花びらのあわいに置かれた指が、グニュッ……と挿入された。

「ヒッ……」

指はまるで何度も理子の体と接したことがあるかのように的確にGスポットを探りあて、指腹でズリズリとこすり立ててくる。執拗なほど粘膜を搔き、ノックするように上壁を叩き、とどめにクリトリスを強く吸引してくる。

「くううっ」

舌と指の攻撃はなおも続いた。

室内は、卑猥な水音と理子の喘ぎが響き渡り、淫靡な空気が充満していた。完全に主導権を取られ、かつてないほどの快楽が浴びせられて、体はますます混乱していく。

あと少しで法悦を迎えると思った矢先、呆気なく指が抜かれた。

「ああっ……」

理子は落胆の色を隠せない。しかし、それは同時に、挿入への期待を高まらせた。

「さあ、そろそろいいだろう。理子クンはどんなふうに入れられたい?」

国井は悠然と身を起こした。

散々、敗北感に見舞われた体だ。この際だから、彼を見おろしながら入れられたい。

「こ、今度は私が上で……」

「ほお、騎乗位が好きなのか、そりゃそうだ、上つきだもんな」

仰向けになった国井の上に、理子はふらつきながらまたがった。

「ハァ……キャプテン……」

4

「……すごく興奮しちゃう」

国井の体に騎乗位でまたがると、理子は肉棒を握り締め、自らの秘口に押しあてた。

ふたりとも生まれたままの姿になった。

国井は予想通りの締まった体で、セーターの下の厚い胸板は、改めて雄々しさを感じさせた。そのうえ、ヌメ光るペニスは静脈を浮き立たせ、熱い脈動を刻み、愉悦の極みであるかのようだ。

もちろん、理子も同じだった。

濡れた陰毛の下で息づく女の裂け目は、長大な肉棒を迎えるべく夥しい恥液を湛え、ヒクつき、欲情をあらわにしている。

ワレメを亀頭でこすると、クチュクチュッ……と卑猥な水音が聞こえてくる。

「ン……はしたない音」

胸は高鳴る一方だった。かつてないほど長大な男根で貫かれる期待と興奮が、この身を包んでいる。

「さあ、おいで、理子クン」

国井が熱い眼差しを送ってきた。

「……はい」

立ち膝のまま、秘裂の中心へと狙いを定め、慎重に尻を沈めていく。

ズブッ……ズブッ……!!

「ああっ……」

肉の輪がぐっと広げられる。理子の体は大きく仰け反った。

複雑に重なる肉層が一気にこじ開けられ、女の路が真っ直ぐに貫かれていく。

その威力たるや、熱せられた火箸を突っこまれたかのようだ。

内臓をも押し潰さんとするほどの衝撃に、呼吸も瞬きさえも忘れて、しばし身動きが取れずにいた。

「おお、根元まで入ったぞ、キツイな」

国井が嬉々とした声をあげる。

深々と貫かれた女陰は、貪欲な収縮を見せ、野太い怒張を締めつけていく。

互いの陰毛が絡みつき、饐《す》えた獣のような匂いが立ち昇った。

「……苦しい……おヘソまで届いてる感じ」

理子は腹を押さえるが、長すぎるペニスに吸着する膣襞は、よりいっそうの力で肉棒に喰らいつき、膣奥深くまで引きずりこもうとする。

「……理子クン……すごいよ。アソコの襞がズリズリ絡みついてくる」

国井がくうっと奥歯を噛み締めたところで、理子は上下に腰を揺らし始めた。

ジュブッ…ズジュジュジュッ……

「ん……いいわ……私の中がキャプテンのモノでいっぱい」

初めはゆっくりした上下運動、次いで前後に振り立てた。一振りごとに恥液が溢れ、強烈な緊縮で男根を締めあげていく。

「おおう……おおぅ」

理子は筋肉質な国井の腹に手を添え、可能な限りリズミカルに、そしてあらゆる角度で男根を貪った。

前後左右では飽き足らず、腰を大きく回したグラインドをくりかえすたびに、国井は低く呻く。

理子の中で、未知の領域が侵食される畏れを抱きつつも、新鮮な快感が芽生えてくるのだった。

「ああ、たまらん、たまらん」

興奮に眉根を寄せながら、国井の手が伸び、指を双乳に食いこませた。

「ハァ……」

「動きを止めないでくれ。そのまま腰を振って」

尖った乳首を摘まみながら、国井は理子が腰を落とすタイミングで鋭く腰を突きあげる。

「くッ……くうう」

それは媚肉をえぐり、粘膜を削いでくる。内臓が口から飛び出さんばかりだ。本来ならば、感じるであろう敏感な乳首も、今回ばかりは己を割り裂く極太棒に支配されている。

それでもこの身は、苛烈な圧迫と、ただれるほどの摩擦を欲していた。

ズンッ……パパパンッ……！

どれくらい経ったであろう。

「も、もうダメ……」

理子は、国井の胸に倒れこんだ。

「……キャプテン、すごいわ……私こんなに太くて長いのって、初めてよ」

彼の鼓動を感じながら、息も絶え絶えにそう告げると、

「実は過去に何度か『痛くて入らない』って言われて、フラれたこともあったんだ。でも理子クンがここまで感じてくれて、純粋に嬉しい」

無防備に心の内を吐露してくる彼が、ますます愛おしくなっていく。

「私……今夜はずっとキャプテンから離れません」

「君は頼もしいCAだな。じゃあ、次は僕の好きな体位でハメさせてもらってもいいかい？」

「ええ」

理子の髪を優しく撫でたのち、国井は結合を解いた。


「次は四つん這いだ」

その声に、理子は素直にベッドで獣の姿勢を取る。

バックからの挿入は嫌いではない。

国井のサイズを考えれば、深い結合が予測される後背位は、さらに快楽と刺激を与えてくれるはず。

「見れば見るほど、最高のボディだな。釣鐘状のオッパイも、背中からヒップにかけての曲線も、すべてパーフェクトだ」

尻を撫でつつ、国井は絶賛の言葉を浴びせてきた。

理子の背後に回ると、

「全部見えるよ。いやらしいアソコも、キュッと窄まったアヌスも……こりゃキレイなセピア色だな」

彼の手が、アヌスからワレメへとなぞりおろされた。

「くっ……んん」

「感じているんだね。ああ、ますます溢れてきた。もっとお尻を突き出してごらん」

「は……はい」

理子は背を反らし、尻を突きあげる。

見られている羞恥と悦び、再び男に貫かれる寸前のこの「間」が、女をいっそう艶めかしくさせてゆく。

「よし、このままバックから入れるぞ」

ワレメに熱い丸頭があてがわれた。

理子が身構えた直後、一気にペニスがねじこまれた。

ズブズブッ……ズジュジュジュッ……!!

「ヒッ……っくうう」

騎乗位よりも深くまで押し入った肉塊は、子宮口まで届いたかに思える。すぐさまストロークが開始された。

「はう、はああ」

徐々に速度が増していく。

体は嫌がってはいない。先ほどたっぷり突きまくられたせいで、ほぐれた粘膜がジグソーパズルのように、彼の形状にピタリとハマっていく。

律動はさらにエスカレートし、肉づれの音が高らかに響き渡った。渾身の乱打で体がふらつくたび、理子は震える四肢を懸命に踏ん張った。

背後から犯されている感じがたまらない。

理子は羞恥心などかなぐり捨て、悦楽の喘ぎを漏らし続けた。

ズジュッ……ズブブッ……!!

しばらくして、国井が意外なことを告げてきた。

「そのまま、片手を後ろに伸ばしてごらん」

「えっ……？」

「さあ、早く」

挿入されたまま、理子がおそるおそる左手を伸ばすと、彼の手がしっかりと手首を摑んだ。

体がぐっと引き寄せられ、その分ペニスもめりこんだ。不安定な体勢と、なおかつ巨根で突かれるとあっては、ただただ困惑が広がるばかり。

が、国井の要求はとどまらない。

「次は右手だ。右手も後ろに伸ばしなさい」

「そ……そんな……」

「大丈夫、僕に任せて」

「こ……こうでしょうか」

右手も後方へと伸ばす。すぐさま両腕が捉えられ、ぐっと上体が持ちあがった。下を向いていた乳房が、真正面を向いた。

「よし、いいぞ。これが『両腕取り上体反らし後背位』だ」

国井が得意げに告げると、今まで以上にエネルギッシュな律動が再開された。

「ああっ……はああっ……」

初めて経験する体位だった。

後ろにまっすぐ伸ばした理子の両手を、国井はまるで手綱のように摑み、激しいピストン運動をくりかえしてくるのだ。

「クッ……キャ、キャプテン……ああっ」

打ちこむごとに両手がぐっと背後に引かれるため、膣への圧迫は絶大だった。汗が飛び散り、髪が跳ね、乳房がぶんぶんと揺れ弾む。

「どうだ、ＳＭチックで刺激的だろう」

緩急をつけた抜き差しが、立て続けに見舞われる。不安定な体位ながらも、巧みにバランスを取っていることが、国井のテクニシャンぶりを感じさせる。

「くっ、いい……」

初めこそ困惑していたものの、不安は次第に快楽へと変わっていく。気づけば理子は、すっかり貫かれる悦びに浸りきっていた。

「まるで、じゃじゃ馬ならしだな」

両腕を取られることで、拘束感と挿入感が増していく。ベッドがギシギシと鳴り、何よりこのアクロバティックな体位が淫らな遊具のようで、理子の体を興奮で彩った。

パンッ……パパンッ……!!

「ハアッ……もう、ダメッ……イキそう」

「俺もだ、そろそろ出すぞ」

握り締めた理子の手首に力をこめ、国井はしたたかにGスポットを穿ちまくった。わななく女壺が男性器に吸着し、猛烈な蠕動で奥の奥まで引きずりこんでいく。

体の芯に火柱が燃え盛り、焼けつく塊が下腹から脳天へと一気に駆け抜けた。

「あぁぁぁあっ……!!」

「おおう、おおぅおぉおおおっ」

最奥まで到達した極太棒の先端から、ドクドクと熱いザーメンが噴射された。

＊「フライト♥淫靡テーション」の「週刊実話」２０１５年９月10日号〜２０１６年４月21日号掲載分を、全面的に大幅改訂、加筆・修正を行ないました。

＊文中に登場する団体・個人・行為その他は実在のものとは一切関係ありません。

二見文庫

誘惑《ゆうわく》最終便《さいしゅうびん》

著者　蒼井凜花《あおいりんか》

発行所　株式会社 二見書房
東京都千代田区三崎町2-18-11
電話 03(3515)2311［営業］
03(3515)2313［編集］
振替 00170-4-2639

印刷　株式会社 堀内印刷所
製本　株式会社 村上製本所

落丁・乱丁本はお取り替えいたします。
定価は、カバーに表示してあります。

ISBN978-4-576-16118-1
http://www.futami.co.jp/

二見文庫の既刊本

機内サービス

AOI,Rinka
蒼井凛花

大手航空会社から、子会社のピンキー航空に出向することになったＣＡ（キャビン・アテンダント）の美里。膝上15センチのミニにブラウスは第二ボタンまで外す——という制服に身を包み、卑猥なサービスで売上げを伸ばしていくが、乗客の要求もどんどんエスカレートしていき……。「第二回団鬼六賞」ファイナリストの元ＣＡによる衝撃の官能、待望の新作登場！

二見文庫の既刊本

ときめきフライト

AOI,Rinka
蒼井凜花

誘惑飛行にテイクオフ！　そこそこ真面目だがダメ男好きな中堅の美咲、奔放で男性ゲットに積極的な理子、お嬢さま育ちで処女の新人・清乃、大人っぽい美しき人妻・やよい――艶やかな４人のＣＡが、その魅力的な容姿を使って、機内で、ステイ先で様々な男に接近し、一夜の快楽を貪っていく――。「第二回団鬼六賞」ファイナリストの元ＣＡによる絶頂行き官能。